British Crime Classics

W. J.

BURLEY

WENN TOTE ZEUGEN REDEN

ROMAN

SCHERZ

Einmalige Ausgabe 1997
Einzig berechtigte Übertragung aus dem Englischen
von Ute Forsythe-Jauch.
Titel des Originals: «Wycliffe in Paul's Court».

Umschlaggestaltung: Manfred Waller
Umschlagbild: Bildagentur Tony Stone

1

Willy Goppels Puppenhausgeschäft in der Falcon Street war zu einer festen Einrichtung geworden. Man akzeptierte es wie die *St.-Olaves-Kirche* etwa oder den sonnabendlichen Wochenmarkt, und es wäre niemandem in der Straße eingefallen, auch nur einen Gedanken an Goppels Herkunft zu verschwenden. Er sprach pedantisch korrektes Englisch, wenn er seinen deutschen Akzent auch nie verloren hatte, denn er war, wie die Bayreuther Festspiele, Ludwig II. und die NSDAP, in Bayern zur Welt gekommen. Seine Frau war Engländerin gewesen, und viele Nachbarn erinnerten sich noch an sie, obwohl sie bereits seit Jahren tot war. Sie hatte ihm ein paar Häuser und einen damals sechsjährigen Sohn hinterlassen. Frederick, der Sohn, war inzwischen erwachsen und besuchte seinen Vater nur noch, wenn er Geld brauchte. Auch Goppels Besitz war im Laufe der Jahre an Wert und Ausdehnung angewachsen. Der Puppenhausmacher war, was sich jedoch kaum jemand vorstellte, ein vermögender Mann.
Goppels Wohnung über seiner Werkstatt nahm den kleineren Teil der oberen Stockwerke ein. Im anderen, größeren Teil des alten Hauses lebten die Wards, die eine kleine Postzweigstelle unterhielten, in der sie auch Schreibwaren und Süßigkeiten verkauften. Ein breiter Torbogen führte durch den unteren Stock auf einen Innenhof, in dessen Mitte eine alte, mächtige Eiche stand. Früher, noch vor einem Jahrhundert, hatte die Familie Paul hier ein einträgliches Fuhrgeschäft betrieben, doch die Ställe und Wagenremisen, die den Hof damals umgaben, hatten drei hübschen Wohnhäusern Platz gemacht, und von dem längst vergessenen Fuhrunternehmen war nur noch der Name übrig: Der Gebäudekomplex hieß *Pauls Court*.
Auch heute hatte die Hitzewelle angehalten, eine Reihe ungewöhnlich warmer Septembertage, aber nun, in der Kühle des Abends, stand Goppel in seinem umzäunten Stück des Hofes und begoß sein Gärtchen: sechs mit sorgfältig ausgewählten Pflanzen besetzte Pferdetröge. Auf einem kleinen, von Maschendraht umgebenen Grasgeviert gab er seinen Meerschweinchen ihre Tagesration frischer Luft, und nicht weit

davon aalte sich seine orangefarbene Katze in der Sonne und leckte sich die Pfoten.
Unter dem grünen Dach der Eiche in der Mitte des Hofes parkte ein kleiner, roter Sportwagen. Er gehörte Natalie Cole, die mit ihrer fünfzehnjährigen Tochter und Geoff Bishop im rechter Hand gelegenen Haus lebte. Goppel brauchte nur den Blick von seinen Pflanzen zu heben, dann konnte er sie durch ihr weit offenes Wohnzimmerfenster am Tisch sitzen sehen. Sie aß etwas, vermutlich etwas aus der Dose. Niemand hätte sie eine passionierte Hausfrau genannt. Den Nachmittag hatte sie zuerst in ihrem Bikini, dann nackt draußen auf ihrer Liege auf der Veranda verbracht.
Marty Fiske schlenderte über den Hof heran, lehnte sich an den Zaun und sah Goppel beim Gießen zu. Trotz seiner achtzehn Jahre und seiner hünenhaften Gestalt behandelten ihn alle wie ein Kind.
»Geben Sie den Blumen Wasser, Mr. Goppy?«
»Ja, Marty.«
Marty kicherte und haspelte heraus: »Blumen trinken gern, was, Mr. Goppy?«
»Ja, Marty. Ohne Wasser kommen sie nicht aus.«
Immer wenn Goppel in seinem Garten beschäftigt war und Marty vorbeikam, wiederholte sich dieses Gespräch – mit geringfügigen Variationen.
Von der hinteren Ecke des Hofes drang Mrs. Fiskes Stimme herüber. »Marty! Marty, wo bist du?« Die Eiche versperrte ihr die Sicht. »Komm rein! Dein Abendbrot steht auf dem Tisch!«
»Ich muß gehen. Das war Mutter.«
Goppels Anteil des Hauses bestand aus seinem Laden, der Werkstatt und einer kleinen Diele im Parterre, von der eine imposante Treppe, ein Überbleibsel des ursprünglichen Gebäudes, zu seiner Küche, dem Wohnzimmer und dem Bad in den ersten Stock führte. Darüber lagen zwei Schlafzimmer.
Goppel betrat seine Küche, wusch sich die Hände und begann mit den Vorbereitungen für sein Abendessen, einem Lammkotelett mit Salzkartoffeln, Kohl und Minzsoße. Er hatte sich in seiner Ernährungsweise ganz dem englischen Geschmack angepaßt.

Goppel war knapp mittelgroß und mager, hatte spärliches graues Haar und wirkte mit seinen ernsten dunklen Augen, seinem gelblichen Teint und den für das kleine Gesicht zu ausgeprägten Gesichtszügen wie ein feierlicher Clown. Durch die dünne Wand, die seine Küche von der Wohnung der Wards trennte, tönten Jazzrhythmen zu ihm herüber. Henry Ward hatte den Plattenspieler in seinem Schlafzimmer auf volle Lautstärke gedreht, und Goppel pfiff im Takt durch die Zähne mit. Nicht daß er für Jazz eine besondere Vorliebe gehabt hätte, aber die Lebensäußerungen von nebenan taten ihm wohl. Für die Kinder der Wards – Henry und Alison – empfand er Zuneigung. Er hatte sie heranwachsen sehen, und sie sagten »Onkel« zu ihm.

Im Wohnzimmer der Wards deckte die sechzehnjährige Alison den Abendbrottisch. Ihr glattes, blondes Haar umrahmte das rosige Gesicht mit den ernsthaften blauen Augen und fiel ihr bis auf die Schultern.
»Wie war's denn heute in der Schule?« fragte ihre Mutter aus der Küche.
»Ach, es ging. Aber die Geschichtsarbeit über unser Ferienpensum war blöde.«
»Wieso? Geschichte ist doch dein Lieblingsfach, oder?«
Alison schluckte ihren Ärger über diese Frage hinunter, bevor sie antwortete: »Ja, aber es war alles über das siebzehnte Jahrhundert; keine einzige Frage über das achtzehnte, und dabei hatte ich so lange dafür gepaukt.«
»Macht nichts. Du hast es bestimmt nicht schlechter gemacht als die anderen.« Julia Ward bemühte sich ständig, alles von der besten Seite zu sehen.
Vier Gedecke gehörten auf den Tisch. Alisons Vater würde erst in letzter Minute, wahrscheinlich erst, wenn die Suppe bereits aufgetragen war, vom Laden nach oben kommen, und Henry, ihr siebzehnjähriger Bruder, hörte sich in seinem Zimmer alte Duke-Ellington-Platten an, sein neuester Fimmel.
Vier Messer, vier Gabeln, vier Suppenlöffel, vier goldgrün gerandete Teller . . . Plötzlich überkam es sie wieder, wie so häufig, als sähe sie sich wie eine Fremde, einen Menschen, der

nichts mit ihrem eigentlichen Selbst gemein hatte: eine Tochter, die ihrer Mutter im Hause zur Hand ging, eine Schülerin, die fleißig Dinge lernte, die ihr gleichgültig waren und die nächstes Jahr in die sechste Klasse versetzt werden und auf das Abitur zusteuern würde ... »Du mußt an deine Zukunft denken, Kind ...« An was für eine Zukunft? *Wessen* Zukunft? Wie würde sie sich fühlen, die wirkliche Alison Ward zu sein? Was würde sie mit ihrem Leben anfangen?
»Träum nicht, Liebes! Vater muß gleich da sein, und der Tisch ist noch nicht fertig gedeckt.«
»Oh, entschuldige bitte.«

Natalie Cole hatte geduscht. Sie trocknete sich ab und ging ins Schlafzimmer, um sich im langen Spiegel einer eingehenden Musterung zu unterziehen. In ihrem Blick lag nichts Narzißtisches. Sie betrachtete ihren Körper wie ein Guthaben, ein Vermögen, das unweigerlich schwinden würde, aber noch entdeckte sie keine Anzeichen dafür – zumindest keine ernsten.
Trotz ihrer zweiunddreißig Jahre wirkte Natalie noch mädchenhaft. Ihre Taillenweite hatte sich seit der Zeit, als ihre Körpermaße ihr wichtig genug wurden, um sie zu behalten, nicht geändert. Mit ihren festen, vollen Brüsten, dem flachen Bauch und dem perfekt geformten Nabel besaß sie die Figur einer Tänzerin. Die winzige Blinddarmnarbe an der rechten Seite war ihr einziger Makel. »Von jetzt ab werden Sie nicht mehr ganz so knappe Bikinis tragen können, junge Dame«, hatte der Chirurg damals gesagt. Ekelhafter Lustmolch!
Aber ihre Haut begann langsam, ihre samtene Straffheit zu verlieren, besonders an den Beinen und am Hals. Sie studierte ihr Gesicht: kein hübsches junges Mädchen mehr, gestand sie sich ein, aber eine schöne Frau! Ihr tiefschwarzes Haar schmiegte sich voll um ihren Kopf und umrahmte das klassische Oval ihres Gesichts mit den dunklen Augen, die jede Veränderung des Lichts widerspiegelten. Ihr leicht getönter Teint war weder zu blaß noch zu dunkel. So weit, so gut ...
Und doch: Es gab etwas, das sie störte, ein Zug um den Mund, der immer stärker hervorzutreten schien. Gemeine Ziege,

hätte sie gedacht, wenn sie ihn an einer anderen Frau gesehen hätte.

Gott! Fang bloß nicht an zu grübeln! befahl sie sich, drehte sich zum Bett nach ihrem Morgenrock um und sah ihre fünfzehnjährige Tochter in der Tür stehen. Yvette war brünett und schlank wie ihre Mutter – nur eben siebzehn Jahre jünger, und der Gesichtsausdruck, mit dem sie ertappt worden war, ärgerte Natalie. Yvette hatte sie kühl und unbeteiligt gemustert.

»Ja? Was ist?«

»Ich wollte dir nur sagen, daß ich ausgehe.«

»Bist du mit deinen Hausaufgaben fertig?« Eine Frage, auf die sie keine Antwort erwartete. »Und mit wem gehst du aus? Etwa mit diesem Ward?«

»Nein, mit einer Freundin.«

»Komm nicht zu spät nach Hause!« Natalie blickte ihr nach. Jeans und T-Shirt mit rot aufgedrucktem Motiv quer über der Brust. Und darunter natürlich kein Büstenhalter. Armes Luder, dachte Natalie, aber ihr Mitleid galt weniger ihrer Tochter als dem gesamten weiblichen Geschlecht. Die Haustür krachte ins Schloß.

Ein paar Minuten später bog ein Wagen in den Hof ein, und Natalie trat ans Fenster. Martin Fiskes blitzblanker, kastanienbrauner Rover 2600. Martys Vater war Wirtschaftsberater und leitete sein eigenes Büro. Die Fiskes lebten im Haus gegenüber der Einfahrt. Sie blieb stehen, bis er sein Auto in der Garage abgestellt hatte und mit seiner Aktentasche herauskam. Er war Anfang Vierzig, hatte in jüngeren Jahren Rugby gespielt, sich aber nicht in Form gehalten, wie der beginnende Bauch zeigte. Da ging er in seinem taubengrauen Anzug, Seidenhemd, Seidenkrawatte und Wildlederschuhen. Und diese aufgeblasene Miene erst! Blöder Lackaffe!

Fiske betrat das Eßzimmer, als seine Frau mit zwei Suppentellern aus der Küche kam.

»Wo ist Marty?« fragte er.

»In seinem Zimmer. Er hat schon gegessen. Ich weiß ja, daß du ihn bei den Mahlzeiten nicht gern dabeihast.« Die achtund-

vierzigjährige Joan Fiske, eine magere, grobknochige Frau mit abgehärmten Gesichtszügen, begegnete ihrem Mann mit jener Mischung aus Unterwürfigkeit und Aggression, die man bei lieblos behandelten Hunden findet.
Fiske setzte sich, stopfte seine Serviette in den Kragen und begann zu essen.
»Ich muß mit dir reden, Martin.«
»Was du nicht sagst! Und worüber?«
»Über diese Frau«, sagte sie und zerkrümelte ein Brötchen auf ihrem Teller. »Sie hat heute wieder nackt auf ihrer Veranda gelegen.«
Fiske tunkte eine Scheibe Brot in seine Suppe und biß ab.
»Ich mache mir Sorgen wegen Marty. So was muß ihn doch aufreizen.«
»Er hat sie bestimmt nicht mal bemerkt.«
»Und ob er sie bemerkt hat!« entgegnete Mrs. Fiske heftig. »Als er heute nachmittag reinkam, erzählte er was von der Dame da draußen ohne Kleider. Du weißt so gut wie ich, was der Psychologe darüber gesagt hat.«
Fiske leerte seinen Teller und betupfte sich den Mund mit der Serviette.
»Ein Benehmen, so was!« fuhr sie fort. »Schönes Beispiel für ihre Tochter! Aber von einer Frau, die sich ihr Geld in einem Nachtclub verdient, ist ja nichts anderes zu erwarten.«
»Sie ist die Besitzerin des Nachtclubs, damit du es weißt.«
»Na und? Club nennt sich das und ist nichts Besseres als ein Bordell!«
Fiske fixierte seine Frau mit seinen kalten Fischaugen. »Du mußt es ja wissen, nicht wahr?«
Mrs. Fiske holte zu einem Seitenhieb aus. »Warum du sie hergebracht hast, kann ich mir beim besten Willen nicht vorstellen.«
Fiske räusperte sich. »Ich soll sie hergebracht haben? Sie kam als Kundin zu mir und erwähnte, sie sähe sich gerade nach einem Haus um, und ich erwähnte, daß hier im Court eins frei wäre, das ist alles.«
Joan Fiske schob wortlos ihre kaum berührte Suppe fort, trug den Teller ihres Mannes in die Küche und servierte das

Hauptgericht, Kalbsschnitzel mit Bohnen und in Butter geschwenkten Kartoffeln. Erst als sie sich gesetzt hatte, bohrte sie weiter: »Und der Mann, mit dem sie lebt? Was macht der?«

Fiske stieß einen ungeduldigen Seufzer aus. »Bishop? Das hab' ich dir mindestens schon zehnmal gesagt. Er verkauft Gebrauchtwagen, hat einen Autoverleih und eine Reparaturwerkstatt.«

»Aber zu Hause ist er nie. Jedenfalls sieht man ihn kaum.«

Fiske nahm eine zweite Portion Kartoffeln und Soße, während seine Frau appetitlos auf ihrem Teller herumstocherte. Schließlich legte sie Messer und Gabel hin. »Ich war heute deswegen bei Mrs. Ward in der Post und habe ihr über diese Sonnenbäder erzählt und sie gebeten, sich an einer Beschwerde darüber zu beteiligen.«

»Was?« brauste Fiske auf und starrte seine Frau wütend an. »Wie oft soll ich dir noch sagen, daß du dich aus dem Klatsch und den Reibereien hier im Court rauszuhalten hast! So was kann ich mir nicht erlauben! Natalie Cole und Bishop sind meine Klienten, und Willy Goppel ist sogar einer meiner besten. Meine Klienten und dein tägliches Brot. Merk dir das endlich!«

»Gegen Willy Goppel habe ich noch nie etwas gehabt«, verteidigte sie sich.

»Bis jetzt nicht, aber du denkst dir noch was aus. Seine Katze braucht bloß mal auf dein dämliches Blumenbeet zu scheißen, dann geht's los!«

Joan Fiske senkte den Blick auf ihren Teller und verzog das Gesicht zu einer weinerlichen Grimasse.

»Verdammt, nun heul nicht auch noch! Für heute reicht's mir!«

Von oben kam ein Geräusch wie ein leises Summen. Marty sang, während er zum tausendsten Male eins seiner simplen Puzzlespiele zusammensetzte.

Im vierten Haus in *Pauls Court* lebten die Hedleys, ein altes Ehepaar. Bis vor fünf Jahren hatte ein Neffe von Mrs. Hedley bei ihnen gewohnt, den sie, als er mit zehn Jahren verwaist war, aufgenommen und großgezogen hatten. Nun teilte er mit

Frederick, Willy Goppels Sohn, eine Wohnung in einem anderen Stadtteil.
Äußerlich paßten die Hedleys zusammen –, sie waren beide groß, hager, geradezu ausgedörrt – aber Mr. Hedley hatte es nur bis zum kleinen Angestellten bei der Stadtverwaltung gebracht, während seine Frau aus besseren Kreisen stammte, aus einer Familie, die sich mit ihren künstlerischen Ambitionen großtat und diese Ehe als eine Mesalliance betrachtete. Wie um diesen Dünkel zu unterstreichen, ließ Mrs. Hedley ihr Radio tagaus, tagein klassische Musik spielen, wenn sie nicht gerade eins ihrer Bravourstücke auf dem Klavier hämmerte. Ihr Mann zeigte sich hin und wieder auf der Veranda und starrte mit einer lose von der Unterlippe hängenden Zigarette minutenlang ins Leere, aber meist schlich er ruhelos wie eine eingesperrte Katze im Haus umher.

Die Wards waren beim Nachtisch angelangt.
»Mrs. Fiske kam heute nachmittag vorbei, als du auf der Bank warst«, sagte Mrs. Ward. »Sie kaufte ein paar Briefmarken. Aber hauptsächlich wollte sie uns für eine Beschwerde anwerben. Will einen Protest gegen Natalie Cole aufziehen.«
»Weil sie ihren Wagen immer unter dem Baum stehenläßt?« fragte Edward, ihr Mann. »Das ist doch kindisch!«
»Es ist nicht wegen des Autos. Sie regt sich auf, weil Mrs. Cole sich nackt auf die Veranda in die Sonne legt. Sie meint, Marty würde das nicht verkraften.«
»Marty sieht sowieso nichts, möchte ich annehmen. Was hast du denn dazu gesagt?«
»Ich hab' gesagt, wir müßten an unser Geschäft denken und könnten uns nicht in Streitigkeiten hineinziehen lassen.«
Ward nickte. »Sehr richtig!«
»Liegt sie tatsächlich nackt in der Sonne?« warf Alison ein.
»Scheint so. Gesehen habe ich sie nicht«, erwiderte Mrs. Ward.
Alison äugte zu ihrem Bruder hinüber. »Aber du, Henry? Hast du sie gesehen?«
Der semmelblonde Henry errötete beim geringsten Anlaß, und auch jetzt überzog sich sein sommersprossiges Gesicht

mit hektischer Röte. »Nein!«
»Du hast neulich morgens aber ganz schön mit ihr geschäkert.«
»Ich habe nur ihren Wagen in Gang gebracht.«
»So? Dafür war sie dir aber reichlich dankbar. Ich hab's ja gesehen. Sie hat dich fast aufgefressen. Paß bloß auf, daß Yvette nicht eifersüchtig wird!«
»Warum mußt du dich bloß immer . . .«, fuhr Henry auf.
»Nimm sie nicht so ernst!« unterbrach Mrs. Ward lachend.
Henry stand auf. »Was geht sie das überhaupt an? Ich hab' die Nase voll von ihren blöden Bemerkungen!« Er stampfte aus dem Zimmer und schlug die Tür hinter sich zu.
»Du ziehst ihn wirklich dauernd auf, Alison«, rügte Mrs. Ward ihre Tochter.
»Er läßt sich aber auch viel zu leicht auf die Schippe nehmen«, gab Alison zurück. Dann lenkte sie reuig ein. »Wenn er sich ein bißchen beruhigt hat, gehe ich hoch und entschuldige mich bei ihm.«
Mrs. Ward ließ die Augen besorgt auf ihrer Tochter ruhen. »Trifft er sich noch immer mit dieser Yvette?«
»Ja, jeden Tag. Schließlich gehen wir alle drei in dieselbe Schule. «
»Nun sei nicht superklug! Du weißt genau, was ich meine.«
»Ja, Mutter. Aber ich spüre ihm nicht nach und petze dann zu Hause.«
Mrs. Ward war verletzt. »Als ob ich das von dir erwarten würde! Doch der Gedanke, er könnte sich mit diesen Leuten einlassen, ist mir nicht gerade willkommen. Die Kleine ist bestimmt sehr nett, aber diese Mutter . . .«
»Mit der Mutter geht er nicht aus, glaube ich.«
»Alison! Was nimmst du dir heraus!«

Henry lag auf seinem Bett und hörte sich Duke Ellingtons Version der *Peer-Gynt-Suite* an.
»Was ist los? Springt er nicht an?«
Er war auf dem Schulweg an ihr vorbeigekommen, als sie sich mit ihrem kleinen roten Wagen abmühte.
»Nein. Und Geoff ist schon zur Arbeit gefahren.« Geoff Bishop

war der Mann, der bei ihr im Haus wohnte.
»Soll ich mal nachsehen?«
»Verstehst du denn etwas davon?« Sie trug einen flammendroten, seidenen Hosenanzug.
Er verschwand mit dem Kopf unter der Motorhaube und kam nach ein paar Minuten wieder zum Vorschein. »Versuchen Sie es jetzt mal.«
Der Motor zündete sofort. »Wie hast du das bloß so schnell hingekriegt?« Sie blickte vom Fahrersitz zu ihm auf. »Komm doch mal rüber, zu einem Drink.«
Er stand mit rotem Gesicht an der Wagentür. »Ja, gerne.«
Sie lächelte amüsiert. »Paßt es dir Sonntag nach dem Mittagessen?«
»Ja. Vielen Dank!«
Die Platte war abgelaufen, und das hohe Summen von Willy Goppels Drehbank drang gedämpft zu ihm herein. Plötzlich klopfte es, und Alison trat ein. Sie blieb am Fußende seines Bettes stehen.
»Entschuldige, Henry.«
Er fingerte an einem losen Faden seiner Jeans herum. »Ach, schon gut.«
»Ich hab's nicht so gemeint.«
»Ich weiß.«
Alison wandte sich zur Tür.
»Sie hat mich zu Sonntag nachmittag eingeladen, Ali. Zu einem Drink.«
»Gehst du hin?«
»Würdest du gehen?«
»Warum nicht? Hast du vielleicht Angst, sie will dich verführen, oder so was? Außerdem ist Yvette ja mit dabei, oder?«
Henry zögerte einen Augenblick mit seiner Antwort. »So dämlich es klingt, Ali, aber ich habe nicht das Gefühl, daß sie sich das mit der Einladung so vorgestellt hat.«
»Sie ist also wahrhaftig scharf auf dich, meinst du? Da könntest du sogar recht haben, nach allem, was man von ihr hört.«
Er schwang die Beine vom Bett. »Verdammter Mist! Und ich habe mir immer eingebildet, das Leben würde leichter, je älter man wird.«

Alison grinste zu ihm hinunter. »Macht nichts, mein Augenstern. Wenn man sich schon vergewaltigen lassen muß, dann soll man es auch ruhig genießen.«
Henry mußte gegen seinen Willen lachen. »Wo hast du denn das her?«
»Das ist ein Ausspruch von Konfuzius.«
»Soll ich das vielleicht glauben?«
Sie schwiegen für ein paar Augenblicke und lauschten auf das Surren von Willy Goppels Drehbank.
»Ich muß an meine Schularbeiten«, unterbrach Alison das Schweigen. »Im November steigt die Mittlere-Reife-Prüfung.«
»Die schaffst du, Ali. Wenn bei uns einer 'ne doppelte Portion Verstand mitbekommen hat, dann bist du es.«
»Blödhammel!«
Alisons großes Zimmer lag im gleichen Stock. Sie hatte es nach ihrem Geschmack mit ein paar Teppichen auf dem gefirnißten Fußboden, einer blauleinenen Überdecke auf dem Bett und einem Schonbezug aus dem gleichen Stoff auf dem Sessel eingerichtet. Regale aus gebeiztem Holz enthielten ihre Schulbücher und viele Taschenbücher, und vor dem Fenster standen ein Tisch und ein Stuhl. Ein prachtvolles dreistöckiges Puppenhaus im spätviktorianischen Stil nahm eine Ecke des Zimmers ein. Onkel Willy hatte es ihr zu ihrem zehnten Geburtstag geschenkt, und jetzt, mit sechzehn, gefiel es ihr noch immer. Wenn sie auf dem Fußboden davorsaß, schien die Zeit für sie stillzustehen. Sie versank in den Anblick der Zimmer und bevölkerte sie mit imaginären Bewohnern einer vergangenen Epoche; mit Kindern und Kindermädchen im Spielzimmer, mit dem damals nie fehlenden großen Schaukelpferd, mit einer Mutter in einem Kleid mit Keulenärmeln und einem Vater mit Koteletten.
Sie streckte sich mit ihrem Biologiebuch auf einem Teppich auf dem Fußboden aus . . . Im Zwölffingerdarm wird die Nahrung mit Absonderungen aus der Bauchspeicheldrüse und der Zwölffingerdarmwand selbst vermischt . . . Sie legte einen Finger in die Seite, schloß das Buch und bewegte die Lippen lautlos, während sie sich die Enzyme und ihre Funktionen ins Gedächtnis rief.

All das Gerede über die Gleichberechtigung der Frau war ja ganz schön, aber das Kinderkriegen würde ihr niemand abnehmen. Alison spürte verworren, daß Frauen wie Natalie Cole sich gegen diese Weltordnung auflehnten, einen Protest anmeldeten, der sie zugleich abstieß und faszinierte.

Willy Goppel schaltete seine Drehbank ab und sammelte die kleinen Geländerstäbe zusammen, die er für das in Auftrag gegebene Puppenhaus gedrechselt hatte. Die Treppe schwang sich bereits in elegantem Doppelbogen von der Diele zu einer Galerie, die beinah den ganzen ersten Stock umgab. Goppel begann, die Stäbe in die für sie gebohrten Löcher einzusetzen. Von der Wand, an der er seine Tierkäfige aufgestellt hatte, kamen huschende, kratzende, pfeifende Laute. Neben seinen Meerschweinchen hielt Goppel Hamster, und in geheizten Terrarien auch Geckos, Eidechsen und eine Anzahl kleiner Schlangen. Gewöhnlich entspannte er sich bei seiner Arbeit, ging so in ihr auf, daß er alles andere darüber vergaß, aber heute fiel es ihm schwer, sich auf seine Tätigkeit zu konzentrieren. Einer der Geländerstäbe glitt ihm aus der zitternden Hand.

»Verflucht!« entfuhr es ihm auf deutsch.

Goppel fluchte selten und noch seltener in seiner Muttersprache. Allmählich dachte er fast nur noch in Englisch.

Bevor er seinen Laden geöffnet hatte, war er an diesem Morgen wie sonst ausgegangen, um seine Einkäufe für den Tag zu erledigen, denn er kaufte nie auf Vorrat, hatte sich weder einen Kühlschrank noch eine Gefriertruhe angeschafft und lebte sozusagen von der Hand in den Mund. Er genoß diese Morgengänge, an denen er in den Geschäften der Straße hier und da einen Schwatz machen und sich über die Neuigkeiten der Nachbarschaft auf dem laufenden halten konnte. Als er heute durch die Einfahrt gegangen war, hatte er Natalie Coles Wagen hinter sich gehört. Sie hatte neben ihm gehalten, hatte ihn mit einem zynischen kleinen Lächeln gemustert und ihm auf deutsch etwas zugerufen, ein paar Worte, die er trotz ihrer entsetzlichen Aussprache verstanden hatte.

»Guten Morgen, Herr Hauptmann!«

Er war entgeistert stehengeblieben und hatte sich erst, als sie sich längst in den Verkehr eingereiht hatte, vom Fleck rühren können. Konnte sie diesen Gruß als Scherz gemeint haben? Schließlich nannten Engländer einander manchmal *Captain* oder *Skipper*, ohne sich etwas dabei zu denken, aber diese Anrede in mühsamem Deutsch . . .? Nein, das war mehr als bloßer Zufall.

Vor einem Monat war eine Zigarrenkiste aus dem Schreibtisch in seiner Werkstatt verschwunden, ein Kästchen, das außer achtzig Pfund in bar auch ein paar Andenken aus seiner Jugend in Deutschland enthalten hatte. Er hatte diesen Diebstahl nicht bei der Polizei angezeigt.

Goppel nahm eins der dünnen Geländer auf, eine mit kleinen Löchern für die Stäbe versehene Holzschlange, und nach ein paar Augenblicken scharfer Konzentration saß sie fest auf ihren Stäben. Er streckte die Hand nach dem zweiten Geländer aus.

Im Laufe der Zeit hatte sich in der Nachbarschaft der Glaube eingebürgert, er sei deutscher Jude, ein Opfer der SS, und er hatte die Leute stillschweigend bei ihrer Annahme gelassen. Wenn man ihn fragte, wie es in den Konzentrationslagern wirklich zugegangen sei, hatte er immer gesagt: »Daran bin ich, Gott sei Dank, vorbeigekommen.« Keine Lüge, aber doch eine Unterschlagung der Wahrheit. Und jetzt, nach über dreißig Jahren . . .

Es läutete, und er öffnete die Ladentür. Sein Sohn stand davor.

»Ich kam gerade vorbei und sah noch Licht bei dir«, sagte er.

Frederick war Mitte Zwanzig, klein, schlank und blond; eine unmännliche Erscheinung.

Willy ging ihm in die Werkstatt voran. »Was bringt dich her, Junge?«

»Ich mußte zufällig hier durch, das habe ich doch schon gesagt.«

Willy ließ sich Zeit, bis er das zweite Geländer angebracht hatte, dann fragte er: »Bist du vor ungefähr vier Wochen auch zufällig vorbeigekommen?«

»Wieso? Ich bin doch viel länger nicht mehr hiergewesen.«

Goppel blickte seinem Sohn voll ins Gesicht. »Als ich vor vier

Wochen draußen war, hat jemand mir achtzig Pfund, ein paar Papiere und Andenken aus dem Schreibtisch gestohlen.« Er nickte zur Wand hinüber, an der ein altmodisches hohes Pult mit Klappdeckel stand.

Der junge Mann schien betroffen. »Du glaubst doch nicht etwa, daß ich es war?« fragte er beklommen. »Du schließt deinen Laden nie ab, wenn du ausgehst. Hier kann jeder rein.«

Goppel nickte. »Aber der Dieb scheint sich gut ausgekannt zu haben.«

Frederick hatte sich wieder etwas gefangen. »Jeder, der hinter Wertsachen her ist, würde als erstes an den Schreibtisch gehen. Das ist doch ganz klar, Vater!«

»Würde er das Schloß auch gleich mit einem Meißel aufbrechen?« fragte Goppel und ließ ihn nicht aus den Augen. »Du brauchst mich nicht zu bestehlen, Frederick.«

»Ich schwöre dir, Vater . . .«

Goppel seufzte. »Nicht nötig. Es kommt mir ohnehin mehr auf die Papiere als auf das Geld an.«

»Du solltest den Laden abschließen, wenn du ausgehst, Vater.«

»Das mache ich jetzt auch. Wenn ich daran denke.«

Nach einer Pause fragte Frederick: »Was hat die Polizei dazu gesagt?«

»Nichts. Ich habe den Diebstahl nicht gemeldet.« Goppel beugte sich über das Geländer, das er gerade angebracht hatte, und polierte es, ehe er sich erneut an seinen Sohn wandte. »Hast du irgendwelche Probleme?«

»Nein . . . nicht direkt. «

»Geldschwierigkeiten?«

Frederick lachte gezwungen. »Wer hat denn keine?«

Goppel zog drei Fünfpfundnoten aus seiner Brieftasche. »Genügt das?«

»Es wird mir jedenfalls weiterhelfen. Danke, Vater.«

»Ich helfe dir nur, damit du keine Dummheiten machst, ist das klar?«

»Ja, Vater. Danke.«

»Willst du zum Abendbrot bleiben? Es ist genug für zwei da.«

»Nein, ich kann leider nicht. Bin verabredet.«

Viele Stunden später, als Goppel und die anderen Bewohner des Court längst schliefen, hielt der kleine rote Sportwagen mit kreischenden Bremsen unter dem Baum. Natalie Cole stieg aus. Sie wankte vor Erschöpfung.

2

Yvette kam die Treppe herunter und holte sich ein Glas Milch aus dem Kühlschrank. Ihre Mutter und Geoff Bishop lagen noch im Bett.

Sonnabend. Zwei ganze Tage ohne die langweilige Schule! Sie hatte sich seit Montag auf das Wochenende gefreut, aber nun dehnte der Tag sich leer vor ihr aus; zumindest bis zum Abend. In einer Dose fand sie einen Kuchen, schnitt sich ein Stück ab und nahm es mit der Milch hinaus auf die Veranda.

Auf dem Hof versuchte Marty Fiske mit einem Bindfaden, Willy Goppels Katze zu einem Spiel zu animieren.

Sonne, Baum, Pflastersteine, Gras, Häuser, blauer Himmel – immer dasselbe. Die Stille um sie, dieses endlos scheinende Jetzt legte sich mit erstickenden Armen um sie.

»Hallo, Yvette!« Marty grinste linkisch verlegen zu ihr auf.

Lächerlich, dieser Kerl, der sich wie ein kleines Gör aufführte!

»Hallo«, antwortete sie schroff.

»Ich spiele mit Mr. Goppys Katze.«

»Das sehe ich.«

Hin und wieder tauchte Alison hinter dem Wohnzimmerfenster der Wards auf. Die Wards hatten gemeinsam gefrühstückt, und Alison räumte ab. Sie würde abwaschen, zwei oder drei Stunden über ihren Hausaufgaben sitzen, Mittag essen. Danach würde sie sich mit ein paar Schulfreundinnen zu einem Radausflug treffen. Und am Abend würden sie vielleicht sogar in einer Espressobar auf den Putz hauen – Gott!

Trotz allem, die Wards hielten zusammen. Wenn sie mit Henry unterwegs war, hieß es dauernd, wir machen dieses, wir machen jenes. Sie konnte dieses »wir« schon nicht mehr

hören, und doch beneidete sie ihn darum.
Sie trank ihr Glas aus und schob sich den Rest des Kuchens in den Mund. Wenn es wenigstens etwas gäbe, das man sich wirklich wünschen würde! Sie stieg die Verandatreppe hinunter, überquerte den Hof und schlenderte durch die offene Hintertür in Goppels Werkstatt.
»Guten Morgen, Yvette! Du kommst aber früh heute! Ich bin mit den Käfigen noch nicht soweit.«
»Ich mache sie sauber!«
»Aber ich kann dir die Arbeit doch nicht allein überlassen, Kind . . .«
»Ich mach's!« fiel sie ihm brüsk ins Wort. »Und nennen Sie mich nicht immer Kind!«
Goppel ließ sich nicht beirren. »Also gut, Yvette«, sagte er unverändert freundlich. »Danke! Du hast seltenes Geschick mit den Tieren und bist mir eine große Hilfe.«
Yvette mochte Goppel, teils, weil er ein Einzelgänger war wie sie, teils, weil er nie versuchte, sie auszufragen oder zu gängeln. Trotzdem war sie häufig kurz angebunden mit ihm, aber nur, um Distanz zu halten. Wenn sie sich zu einem Gespräch mit ihm hinreißen ließe, einem wirklichen Gespräch, dann würde sie auspacken – alles auspacken.
Goppel blieb unschlüssig stehen, während sie sich mit den Meerschweinchen zu schaffen machte, die nach ihrem Futter pfiffen.
»Gehen Sie doch so lange auf den Markt!«
»Ja, wenn du meinst, du könntest . . .«
»Kann ich!«
Ein paar Minuten später kam er in hellbrauner Sporthose und Leinenjackett wieder und beobachtete sie einen Augenblick bei der Arbeit. Sie hatte sich zu den Käfigen hinuntergebeugt, und Jeans und T-Shirt klafften auseinander und gaben ein Stück ihres schmalen Rückens frei. Sie wirkte so schutzlos, so verwundbar, daß er nicht an sich halten konnte. »Paß gut auf dich auf, Yvette!«
»Keine Angst! Mach ich immer.«
Am Sonnabend blieb der Puppenhausladen geschlossen, denn Goppel wanderte am Vormittag gern durch den Markt in

der Falcon Street und unterhielt sich mit den Budenbesitzern. Sie waren eine festgefügte Gemeinschaft mit Traditionsbewußtsein. Viele der Stände hatten sich durch Generationen vom Vater auf den Sohn vererbt.

»Morgen, Willy! Komm auf deinem Rückweg noch mal vorbei. Ich leg dir ein paar schöne Tomaten beiseite. Hab' jetzt keine Zeit.«

Mit den von Hausfrauen belagerten Obst- und Gemüsehändlern ergab sich selten ein Gespräch, aber an den Ständen mit Kleidern, Schallplatten und jeder Art von Trödel freute man sich über die Gelegenheit zu einem Schwatz. Goppel brauchte beinahe eine Stunde, bis er sich zu seinem Lieblingsstand durchgearbeitet hatte. Er gehörte einem hochgewachsenen Individuum in einem schwarzen Homburg, dem Professor, wie er wegen seines Gelehrtengesichts allgemein genannt wurde. Auch seine Ware, Briefmarken, Münzen, Orden, war von höherem Niveau als alles, was der Markt sonst zu bieten hatte.

Während der zwischen ihnen üblichen umständlichen Begrüßung schweifte Goppels Blick über die Auslage und verfing sich an einer Reihe deutscher Militärorden.

»Interessieren Sie sich dafür?« fragte der Professor, dem die plötzliche Veränderung in Goppels Gesicht nicht entgangen war. »Ich habe sie erst letzte Woche erworben.« Seine Stimme war kultiviert.

»Es sind meine«, sagte Goppel.

»Ihre? Haben Sie sie verkauft?«

»Nein. Sie sind mir aus meinem Schreibtisch gestohlen worden.«

Die Augen des Professors weiteten sich. »Ach, wirklich? Ich hatte keine Ahnung, daß Sie . . . Erlauben Sie mir, sie Ihnen sofort zurückzuerstatten.« Er nahm die Schnur mit den Orden und hielt sie Goppel mit einer großen Geste hin.

»Nein!« wehrte Goppel ab. »Ich will sie nicht wiederhaben. Sie wecken Erinnerungen, die ich lieber vergessen würde. Behalten Sie sie.«

Nach einigem höflichen Hin und Her gab der Professor nach. »Wenn das Ihr voller Ernst ist . . .«, und blickte betreten von den Orden auf Goppel und zurück auf seine Auslage. Er hatte Goppel immer für ein Naziopfer gehalten. »Ich ahnte nicht . . . Sie müssen sich im Krieg sehr hervorgetan haben, Mr. Goppel. Für Wachtdienst wurden keine solchen Orden verliehen.«

»Orden braucht man sich nicht zu verdienen«, entgegnete Goppel nachdrücklich. »Das sollten Sie wissen. Diese Dinge sind auch im Handel erhältlich.«

Der Professor schob seinen Homburg zurecht. »Natürlich! Dumm von mir! Und ich begann schon zu glauben, wir hätten uns damals vielleicht gegenübergestanden und versucht, einander umzubringen.«

»Äußerst unwahrscheinlich«, sagte Goppel abschließend. »Darf ich Sie um einen Gefallen bitten?«

»Jederzeit.«

»Die Orden interessierten mich nur, weil mir gleichzeitig Papiere und ein Foto gestohlen worden sind, die mir etwas bedeuten. Falls Sie sie ebenfalls erworben haben . . .«

Der Professor schüttelte den Kopf. »Bedaure. Der Mann bot mir nur die Orden an.«

»Kennen Sie ihn?«

»Nein, leider nicht. Ich hatte ihn noch nie gesehen. Er kam in mein Geschäft, und ich kaufte ihm die Orden gegen bar ab.« Nach einer Pause fragte er: »Wie weit ist die Polizei über diese Sache im Bilde?«

»Überhaupt nicht. Ich habe den Diebstahl nicht gemeldet.«

»Das ist günstig«, meinte der Professor. »Auf diese Weise kann ich Ihnen leichter helfen. Was kann ich also für Sie tun?«

»Helfen Sie mir, die Papiere zurückzubekommen oder wenigstens herauszufinden, wo sie geblieben sind.«

Der Professor nickte. »Selbstverständlich werde ich sehen, was sich machen läßt. Und danke, daß Sie mir keine Unannehmlichkeiten bereitet haben.«

»Unannehmlichkeiten«, sagte Goppel. »Das ist es ja gerade, was ich vermeiden möchte.«

Freddie Goppel und Toby Lennon, alias Pongo, wohnten im dritten Stock eines abbruchreifen Hauses in der Telfer Street hinter dem Korbmarkt. Das Wohnzimmer mit Blick auf ein

Bürogebäude jenseits der Dächer der engen Marktstraße war ungelüftet und schmutzig. Sie hatten es mit abgewetztem Ramsch aus Trödelläden möbliert. Pongo, der hier seit seinem Auszug aus dem Haus seiner Tante im *Pauls Court* lebte, war Ende Zwanzig, hatte den Körperbau eines Gorillas, einen dichten Mop schwarzen Haares und wulstige feuchtrosa Lippen, die sich zwischen dem buschigen Bart und dem ebenso buschigen Schnurrbart hervorwölbten.
»Ich war gestern abend bei meinem Alten«, sagte Freddie vom Fenster. Der Ausblick war trostlos, daran änderte auch der Sonnenschein nichts.
Pongo reagierte nicht.
»Hat wegen seiner Papiere Zirkus gemacht. Was sind das für Papiere, Pongo?«
»Sag bloß, das weißt du nicht!«
»Verdammt, ich kann kein Deutsch! Das sollte dir allmählich klar sein.«
»So was!« Pongo lachte. »Nennt sich Frederick Goppel, der Knabe, und kann kein Deutsch!«
»Mein Alter war dagegen. Wollte mich zu einem perfekten kleinen Engländer erziehen, wie er sich ausdrückte.«
»Ach nee! Und statt dessen bist du ein perfekter kleiner Scheißer geworden. 'ne herbe Enttäuschung für deinen Alten, wie?«
»Aber du kannst Deutsch. Was ist das also mit den Papieren?«
»Die halten uns im Winter vielleicht warm. Wer weiß.«
Freddie schien zu erschrecken. »Du willst ihn doch nicht erpressen, Pongo? Was hat er denn angestellt? Ich sag' ja nichts, wenn wir ab und zu ein paar Pfund von ihm abstauben, aber . . .«
»Reg dich ab! Ich habe das mit deinem Alten bloß als Witz gemeint. Zerbrich dir darüber nicht dein hübsches Köpfchen, und überlaß das Denken mir, verstanden?«
»In Ordnung, Pongo. Aber manchmal möchte ich wirklich wissen, was in deinem Riesenschädel vorgeht.«
Pongo grinste. »Laß man, Kleiner. Bei Pongo bist du gut aufgehoben!« Er warf einen Blick auf seine Uhr. »Halb eins. Höchste Zeit für ein Bier und einen Happen in der Kneipe.«

Am Sonntag nachmittag setzte Regen ein, unablässiger Nieselregen aus einem bleiernen Himmel, der sich beinah bis auf die Turmspitze von *St. Olaves* gesenkt hatte. Eine Stunde nach dem Mittagessen überquerte Henry den Court und klopfte an Natalies Tür. Er fühlte sich von überall beobachtet, obgleich er wußte, daß seine Eltern im Vorderzimmer saßen und daß Alison ausgegangen war. Vom Hause der Fiskes konnte man ihn hier ohnehin nicht sehen, und Onkel Willy hielt um diese Zeit seinen Mittagsschlaf. Aber Mr. Hedley war da. Er trat auf seiner Veranda von einem Bein aufs andere und starrte ins Leere.

Da niemand auf sein Klopfen reagierte, schob er die angelehnte Tür auf und trat ein. Er kam sich wie ein unerfahrener Einbrecher vor. »Ich bin es, Henry Ward.«

»Ich bin im Wohnzimmer.«

Er betrat das Zimmer rechter Hand, dessen grellweiße Einrichtung nur durch die blauen und grünen Töne der Bilder an den Wänden aufgelockert wurde. Sie saß in einem giftgrünen ärmellosen Kleid in einem der weißen Sessel und musterte ihn über den Rand ihres Glases. Auf einem Tischchen neben ihr standen Flaschen.

Er blieb linkisch stehen und brachte kein Wort heraus.

»Was trinkst du? Einen Whisky?«

»Lieber ein Bier.«

Sie deutete auf ein weißes Schränkchen. »Bedien dich!«

Außer einer großen Anzahl von Flaschen und Gläsern enthielt der Schrank einen winzigen Kühlschrank mit Bier und Sprudel. Er goß sich den Inhalt einer Bierdose in ein Glas und trat an ihren Sessel. Ihre Lider waren verquollen, und der Mund wirkte schlaff.

»Guck mich nicht so an«, sagte sie schließlich mit schwerer Zunge. »Ich hab' zuviel getrunken, sonst fehlt mir nichts.«

»Warum?«

Die Frage schien sie zu überraschen. »Muß ich einen Grund zum Trinken haben?«

»Nein, natürlich nicht«, sagte Henry verlegen. »Verzeihung!«

»Aber ich habe einen, den besten: LANGEWEILE! Langweilst

du dich auch manchmal, Henry?«
»Ab und zu.«
Sie warf einen Blick in ihr leeres Glas und stellte es auf den Tisch. »Steh nicht rum wie ein Denkmal! Hast du kein Scharnier oder so was in der Mitte?«
»Verzeihung.«
Er setzte sich, und sie fuhr fort: »Yvette ist heute nachmittag nicht da, falls du dachtest, sie käme noch, und Geoff ist in seiner Werkstatt. Wir haben das Haus ganz für uns. Gemütlich, was?«
»Ja, sehr nett.«
Sie gluckste. »Du gefällst mir, Henry. Hast du schon eine feste Freundin?«
»Keine feste, nein.«
Sie beobachtete ihn durch die halbgeschlossenen Lider. »Warum bist du gekommen?«
»Weil . . . Sie sagten doch . . .«
»Davon mal ganz abgesehen. Warum bist du wirklich hier?«
»Na ja, weil ich Sie sehr – sehr attraktiv finde.«
Sie lachte. »Danke, Henry. Du wirst dich vorsehen müssen, so wie du es mit den Frauen kannst!«
Er spürte, wie ihm das Blut ins Gesicht stieg, und fluchte innerlich. Um seine Verlegenheit zu überbrücken, leerte er sein Glas. »Jetzt muß ich wohl gehen.«
»Warum denn?«
»Ach, weiß nicht.«
Sie stand auf, trat an seinen Sessel und fuhr ihm mit den Fingern durchs Haar. »Du bist ein dufter Kerl, Henry. Ich geh jetzt nach oben und lege mich ein bißchen hin. Wenn du willst, kannst du in zehn Minuten nachkommen. Die erste Tür rechts.«
Er raffte allen Mut zusammen und blieb sitzen. Am liebsten wäre er getürmt. Auf einer Party ein Mädchen aufsammeln – warum nicht? Aber einer verheirateten Frau in ihr Schlafzimmer nachsteigen, das war eine andere Geschichte. Trotzdem war er ein paar Minuten später wie ohne sein Zutun auf der Treppe und blieb zögernd vor der halboffenen Tür stehen. Im grauen, durch die Lamellen der Jalousie gefilterten Licht sah er

zuerst nur verschwommene Umrisse. Auch hier schien alles, Möbel, Teppich, Bettzeug, weiß zu sein, aber das Zimmer war unaufgeräumt, voller unordentlich herumliegender Kleidungsstücke. Ein leichter Duft schlug ihm entgegen, ein Duft, der nicht von Make-up und Toilettenartikeln herrührte, unbestimmbar, intim.

Sie lag im Bett, aber er sah, bevor er näher trat, nur ihr schwarzes Haar auf dem Kissen. Sie hatte sich die Bettdecke um die Schultern gezogen und blickte ihm fragend, ohne ein Lächeln, entgegen. Plötzlich schlug sie die Decke zurück, entblößte ihre Brüste. Ihr schlanker Körper hob sich dunkel gegen das Laken ab, weich und unendlich geschmeidig.

»Willst du dich nicht ausziehen?«

Eine in der Kunst der Liebe geübte Frau war ihm noch nie begegnet, und Natalie war ihm eine Offenbarung. Willenlos, selbstvergessen verlor er sich in der steigenden Flut seines Verlangens, ließ sich treiben und forttragen in ein Niemandsland, in dem es nur noch den Rhythmus seines hämmernden Herzens gab.

Als es vorbei war, sah er das Zimmer durch halbgeschlossene Lider in opalisierenden Schatten verschwimmend, unwirklich. Er schien in einer federleichten perlgrauen Wolke zu schweben und wünschte, sie würde nie zerrinnen.

»Danke!«

»Wofür?«

»Für alles.«

Sie zauste ihm das Haar. »Dummerchen!«

Und dann, plötzlich, war sie eingeschlafen. Sie lag feuchtklamm an seinen Körper gepreßt, und er verharrte stocksteif, aus Angst, sie zu wecken. Sie begann zu schnarchen, ein leise vibrierendes Röcheln, und aus ihrem offenen Mund stieg ihm der Whiskydunst ihres Atems in die Nase. Abrupt wachte er aus seinem euphorischen Dämmerzustand auf. Er schämte sich.

Vorsichtig machte er sich von ihrer Umarmung los und schlüpfte aus dem Bett. Er raffte seine Kleider zusammen und ging ins Badezimmer, wo er sich mit einem Schwamm abrieb und anzog. Dann stahl er sich mit den Schuhen in der Hand

die Treppe hinunter, war aber erst auf halbem Wege, als die Vordertür sich öffnete. Yvette blieb in der Diele stehen und blickte zu ihm auf. Die Situation war abgedroschen wie ein uralter Witz, was ihr jedoch nichts von ihrer schmerzhaften Peinlichkeit nahm. Yvette erfaßte sie sofort.
»Laß dich nicht stören!« warf sie hin. »Ich wohne hier bloß.«

Am Abend überquerte Bishop den regennassen Court, um Willy Goppel einen Besuch abzustatten. Obgleich er bereits seit über zwei Jahren mit Natalie lebte, hatte er noch keine zehn Worte mit Goppel gewechselt.
»Ihr Geschäft ist sonntags ja geschlossen, deshalb bin ich an die Hintertür gekommen«, sagte er ungewohnt höflich.
»Ladentür oder Hintertür, das bleibt sich gleich. Beide führen in dieselbe Wohnung«, sagte Goppel. »Sie wollten mich sprechen?«
»Ja, wegen meines Geschäfts.«
»Ach so. Dann kommen Sie wohl am besten herein.«
Bishop folgte Goppel nach oben in das große, elegant proportionierte Wohnzimmer, dessen Stuckdecke und marmorner Kaminsims noch aus der Zeit des Erbauers stammten. Auf großen aufgebockten Holzplatten stand ein Modell des *Pauls Court*. Willy hatte die Häuser, die umzäunten Gärtchen und den Baum alle maßstabsgetreu nachgebaut. Selbst die Menschen fehlten nicht. Vor jedem Haus waren die Bewohner wie zu Gruppenfotos aufgestellt. Bishop machte Stielaugen.
»Du kriegst die Tür nicht zu! Soll ich das sein?«
»Das war meine Absicht.«
»Mann, das Ding ist Klasse! Und hier, Natalie beim Sonnenbaden! Warum machen Sie so was?«
»Zum Spaß«, sagte Goppel kurz. Er schien zu keiner Unterhaltung aufgelegt. »Also, Mr. Bishop . . .«
Bishop kramte in seiner Brieftasche und zog ein Kuvert heraus. »Das ist von Crowther gekommen, dem Rechtsanwalt. Ein Räumungsbefehl zu Neujahr, wenn mein Mietvertrag in der Fenton Street abläuft.« Er hielt Goppel den Brief hin, aber Goppel nahm ihn nicht.
»Damit hat es seine Richtigkeit, Mr. Bishop«, sagte er. »Ich

habe das Anwesen gekauft, als Ihr Vertrag noch fünf Jahre Laufzeit hatte, mit Verlängerungsrecht für zwei Jahre. Nach Neujahr, wenn diese Frist abläuft, gedenke ich, die Gebäude einem anderen Zweck zuzuführen.«

»Das glauben Sie doch selber nicht!« Bishop setzte sich unaufgefordert.

»Mr. Crowther machte Sie bereits, als Sie den Verlängerungsvertrag unterschrieben, auf diese Möglichkeit aufmerksam, also kann sein Brief nicht völlig überraschend gekommen sein.«

Bishop strich sich über die Schnurrbartenden, die über seine Mundwinkel herabhingen. »Ich lasse mich von niemandem ausnehmen, Mr. Goppel, hoffentlich ist Ihnen das klar. Aber da wir schon mal über Geld reden, gebe ich zu, daß der Schuppen in der Fenton Street genau das Richtige für mein Unternehmen ist. Ich wäre also bereit, den Vertrag zu einer fünfzehn Prozent höheren Miete zu erneuern.«

Goppel schüttelte den Kopf.

»Ich bitte Sie! Fünfzehn Prozent ist ein anständiges Angebot!«

»Aber da ich nicht beabsichtige, Ihren Vertrag zu erneuern, steht die Höhe der Miete nicht zur Debatte.«

Bishop grinste. »Sie sind 'ne harte Nuß, Mr. Goppel. Also schön, wenn nicht anders, gehe ich bis zu zwanzig Prozent rauf, aber dann ist Schluß. Wenn Ihnen das nicht genügt, sehe ich mich gezwungen, mich nach etwas anderem umzusehen.«

»Das werden Sie ohnehin tun müssen, Mr. Bishop, wenn Sie Ihr Geschäft fortführen wollen.«

»Was? Ist das Ihr Ernst?«

Goppel antwortete nicht.

»Was haben Sie gegen mich?«

»Gegen Sie? Nichts. Ich bin Geschäftsmann und habe die Gebäude für einen anderen Zweck vorgesehen. Es tut mir leid, daß Mr. Crowther Sie darüber im Zweifel gelassen zu haben scheint.«

Bishop stand auf. »Ganz so leicht werden Sie mich nicht los, Goppel. Ich hab' mir eine Existenz aufgebaut, und wenn Sie sich einbilden, Sie könnten mir den Teppich unter den Füßen wegziehen, dann sind Sie schief gewickelt!«

Goppel reagierte nicht, und Bishop fuhr fort: »Was haben Sie mit dem Laden in der Fenton Street überhaupt vor?«
»Das ist meine Sache. Aber meine Pläne haben mit Ihrer Branche nichts zu tun, darauf gebe ich Ihnen mein Wort. Sie brauchen also keine Konkurrenz von mir zu befürchten.«
Bishop lächelte zynisch. »Allerherzlichsten Dank!«

Das regnerische Wetter, das auch in der folgenden Woche anhielt, setzte Natalies Sonnenbädern ein Ende, und Joan Fiske hatte keinen Grund mehr, daran Anstoß zu nehmen. Aber sie hatte andere Sorgen und entschloß sich am Donnerstag vormittag zu einem ersten Besuch im Nachbarhaus. Mrs. Hedley hatte, wie es hieß, in ihrer Jugend ein exklusives Mädcheninternat besucht und in Oxford studiert, aber Mrs. Fiske überwand ihre Scheu vor der herrischen alten Dame, weil sie gehört hatte, sie verstünde sich aufs Kartenlegen.
Mrs. Hedley musterte sie argwöhnisch und ließ sie trotz des Regens nicht über die Türschwelle.
»Ich wollte nur fragen . . .«, begann Mrs. Fiske. »Ich habe gehört, Sie könnten Karten legen. Tarock . . . Ja, Tarockkarten.« Sie mußte den Satz noch zweimal wiederholen, bevor Mrs. Hedley sich herabließ, ihn zu verstehen.
»Wer hat Ihnen das erzählt?«
»Beim Gemüsehändler hat jemand das gesagt, aber ich weiß nicht mehr, wer.«
»Ich habe mich in letzter Zeit sehr wenig damit befaßt«, sagte Mrs. Hedley etwas weniger abweisend. »Was wollen Sie von mir?«
»Ich wollte fragen, ob Sie es für mich tun würden.«
Mrs. Hedleys stechender Blick schien sie durchbohren zu wollen. »Ich gebe mich nicht mit albernen Frauen ab, die zum bloßen Zeitvertreib . . .«
Mrs. Fiske errötete. »Nein, ich . . .«
»Aber falls Sie ein Problem haben, eine Sorge, die Sie beschäftigt, dann wäre ich bereit, meine Karten darüber zu befragen. Allerdings muß ich vorausschicken, daß manchmal zwei oder drei Lesungen nötig sind, bevor ein klares Bild erscheint.«
»Natürlich.«

»Also gut, treten Sie ein.«
Im Wohnzimmer lehnte Mr. Hedley mit einer Zigarette auf der Unterlippe am Kamin. Er machte einen Schritt auf Mrs. Fiske zu, um sie zu begrüßen, aber seine Frau ließ ihn nicht zu Wort kommen.
»Mrs. Fiske hat mich um eine Lesung gebeten, Herbert. Am besten legst du dich oben eine Weile hin.« Sie wandte sich an ihren Gast und wies ihr einen Stuhl am Tisch an. »Sie setzen sich mir gegenüber.« Dann holte sie ein schwarzes Seidentuch und ein Spiel Karten aus einer Mahagonikommode, breitete das Tuch über die Mitte des Tisches und sortierte die Karten sorgfältig zu zwei ungleichen Häufchen. »Die kleinen und die großen Mysterien«, erklärte sie. »Aber das brauchen Sie nicht unbedingt zu wissen. Wann ist Ihr Geburtstag?«
»Am fünfundzwanzigsten Januar.«
»Wassermann also. Wählen Sie eine Bildkarte aus den Kleinen Arkana. Drei Schwerter.« Mrs. Hedley verlor nun, da sie an die Arbeit ging, etwas von ihrer Steifheit.
Joan Fiske blätterte das Päckchen Karten mit ungeübten Fingern durch und zog die Schwertkönigin heraus. Die alte Dame lächelte. Sie legte die Karte auf die Mitte des schwarzen Tuches.
»Diese Karte stellt Sie selbst dar. Sie ist Ihr Signifikator, wie wir es nennen.« Sie forderte Mrs. Fiske auf, die Karten auf eine besondere Weise zu mischen, nahm sie ihr ab und legte drei vom Haufen der großen Mysterien über den Signifikator und drei Reihen der kleinen Mysterien darunter.
Es wurde still im Zimmer, nur das Rauschen des Regens drang gedämpft herein; Joan Fiske starrte stumpf abwartend auf den Tisch, während die alte Dame sich über die bunten Karten beugte, sie mit ihren knochigen Händen befingerte, grübelnd Unverständliches vor sich hin murmelte. Ihre grauen Augen quollen ein wenig aus den Höhlen.
»Sie brauchen mir nicht zu sagen, was Sie wissen wollen, aber um Zeit zu sparen, würde ich Ihnen dazu raten.«
»Das fällt mir nicht leicht«, sagte Mrs. Fiske unsicher.
»Natürlich nicht. Das ist ganz normal.«
Mrs. Fiske zögerte noch einen Augenblick, dann überstürzten

sich ihre Worte: »Ich bin manchmal so fertig, mit Marty und allem ... Und mein Mann ist so anders geworden. Schwierig war er schon immer, aber jetzt weiß ich bald nicht mehr, wo ich mit ihm dran bin. Mal beschwert er sich, daß ich zuviel Wirtschaftsgeld verbrauche, und dann, im nächsten Moment, schimpft er mit mir, weil wir dieses und jenes nicht im Hause haben.« Ein wenig verschämt setzte sie hinzu: »Wir schlafen schon seit Jahren nicht mehr im selben Zimmer.«

Mrs. Hedleys Schweigen schien sie zu ermutigen.

»Letzte Woche war ich drei Tage mit Marty in Bristol. Er muß dort ja immer zur Behandlung hin. Und als ich weg war, hat mein Mann die Rumpelkammer ausgeräumt und einen ganzen Stapel von den Sachen rausgeworfen. Ein paar Dinge, die er noch von seinem Vater hatte, waren dabei, und auch verschiedene Kleinigkeiten von mir. Eine Gemeinheit war das, und ... und ich weiß ganz genau, daß er das bloß gemacht hat, um mich zu verletzen.«

Joan Fiskes Kinn hatte zu zittern begonnen, aber sie fing sich wieder und hielt die Tränen zurück. »Er ist ja auch sechs Jahre jünger als ich.«

Mrs. Hedley blickte nicht auf. »Sie haben also keine bestimmte Frage«, kommentierte sie sachlich. »Immerhin, vielleicht helfen die Karten Ihnen trotzdem weiter. Lassen wir Ihren Mann zunächst einmal aus dem Spiel. So viele unserer Probleme stammen aus unserem eigenen Innern und lassen sich nur durch eigene Kraft bewältigen. Hier in der ersten Reihe steht etwas über Sie. Sehen Sie sich den Stern an. Reversiert.«

»Reversiert?«

»Umgedreht. Das ändert die Bedeutung. Und auf einer Seite die Kraft und auf der anderen der Weise, auch reversiert.« Mrs. Hedley verfiel erneut in nachdenkliches Schweigen. »Was Ihnen fehlt, ist Vertrauen«, sagte sie schließlich. »Vor allem Selbstvertrauen. Sie sind zu pessimistisch, wollen sich nicht helfen lassen und weisen selbst gutgemeinten Rat zurück ... Demgegenüber steht Ihr großer moralischer Mut. Sie sind bereit, für Ihre Überzeugungen zu leiden ... Und Sie besitzen die Kraft, sich durchzusetzen.«

Der Blick, mit dem Joan Fiske ihr an den Lippen hing – als

weihte sie sie in die Geheimnisse der Unsterblichkeit ein – feuerte sie an. »Hüten Sie sich davor, Ihre Mitmenschen nach dem äußeren Schein zu beurteilen. Versuchen Sie, weniger kritisch zu sein. Bitterkeit schadet Ihnen selbst mehr als denen, gegen die sie sich richtet. Öffnen Sie sich neuen Eindrücken, neuen Gedanken . . .«
Nach der halbstündigen Lesung dankte Joan Fiske überschwenglich, rührend. »Ich kann Ihnen gar nicht sagen, wie sehr Sie mir geholfen haben, Mrs. Hedley! Ich würde sehr gern noch einmal wiederkommen, wenn ich darf.«
Mrs. Hedley schmolz. »Sie dürfen, Mrs. Fiske, weil Sie eine aufrichtig Suchende sind. Aber vergessen Sie nicht, daß wir uns die meisten unserer Schwierigkeiten selbst zuzuschreiben haben.«

Die Wards ließen sich selten beurlauben, aber für den kommenden Sonnabend hatte die Postdirektion ihnen eine Aushilfskraft bewilligt, und nun stand einem hektischen Wochenende in London nichts mehr im Wege.
Aber Henry war in letzter Minute abgesprungen, und am Donnerstag zog er sich gleich nach dem Abendessen auf sein Zimmer zurück. Alison und ihre Eltern blieben stumm und gedankenverloren am Tisch sitzen.
Endlich brach Mrs. Ward das Schweigen. »Was ist bloß mit Henry los, Alison?« Sie streckte die Hände nervös nach den Tellern aus und begann sie zusammenzuschieben.
»Warum machst du seinetwegen immer gleich Theater, Mutter?« gab Alison ausweichend zurück. »Manchmal kommt er sich bedauernswert vor, das ist alles.«
»Aber so verbiestert habe ich ihn noch nie gesehen. Seit er bei dieser Person drüben war, macht er, glaube ich, nicht mal mehr seine Hausaufgaben, und von dem bißchen, was er ißt, würde eine Katze verhungern. Und jetzt will er plötzlich nicht mit nach London.« Sie brach ab und blickte ihrer Tochter sehr ernst in die Augen. »Ich mache mir Sorgen um ihn, Alison. Große Sorgen.«
Alison verbarg ihr eigenes Unbehagen beim Gedanken an ihren Bruder hinter einer ungeduldigen Abfuhr. »Gott, Mut-

ter! Henry ist inzwischen siebzehn!«
»Und sie ist über Dreißig, hat ihren Mann nicht halten können und lebt mit einem anderen. Diese Sorte kennt man schließlich. Was hast du dazu zu sagen, Edward?«
»Ich?« fragte Mr. Ward. »Also, ich finde, Alison hat recht. Er ist fast erwachsen, und wir müssen ihm langsam erlauben, seine eigenen Wege zu gehen.«
An diesem Abend machte der unablässige Jazz aus Henrys Plattenspieler Willy Goppel nervös. Die aufdringlichen Rhythmen bissen sich in seinem Hirn fest und verwandelten seine Bewegungen in die ruckartigen Verrichtungen eines Roboters.
Der Junge ist deprimiert, dachte Goppel. Wie ich.

Sergeant Kersey nahm sich vor, früh zu Bett zu gehen. Vielleicht würde er sich vorher noch zu einer Partie Scrabble mit den Kindern aufraffen, aber dann . . .
»Was ist das?« fragte er. Ein Constable hatte ein Kuvert auf seinen Schreibtisch gelegt.
»Ist gerade reingekommen, Sergeant. An Sie adressiert.«
Der große Umschlag trug in Druckbuchstaben die Aufschrift: Sergeant Kersey, Polizeirevier, Mallet Street.
»Ob er in die Luft geht, wenn ich ihn aufmache?«
»Würde ich nicht annehmen, Sergeant, so beliebt wie Sie sind.«
Kersey schlitzte den Umschlag auf und zog ein dünnes Bündel vergilbter, amtlich bedruckter Bögen heraus. »Das ist ja alles auf deutsch!«
Eins der Dokumente war mit einem behördlich abgestempelten Foto versehen.
»Wehrmachtspapiere sind das, aus dem letzten Krieg. Scheinen einem Hauptmann gehört zu haben. Walter Pieck. Wer hat dieses Zeugs abgegeben?«
»Keine Ahnung, Sergeant. Lag auf dem Tisch in der Anmeldung.«
Kersey warf einen zweiten Blick in den Umschlag und fischte einen Zettel heraus. Die Mitteilung darauf stammte von der gleichen Hand wie die Adresse: Der Inhalt ist Eigentum von

Willy Goppel, wohnhaft im *Pauls Court*.
»Das wird ja immer spannender!«
»Wieso, Sergeant?«
»Diesen Willy Goppel kenne ich. Er macht Puppenhäuser. Vor Jahren wollte ich mal eins für unsere Mädchen kaufen, aber der Preis war zu hoch für mein Portemonnaie.« Er schob die Papiere in das Kuvert zurück. »Ich gehe heute auf dem Nachhauseweg bei ihm vorbei.«

Kersey mochte die Falcon Street mit ihren altmodisch stattlichen Fassaden, die der Neuerungswut der Stadtplaner aus Gott weiß was für einem Grund entgangen waren.
Willy Goppel setzte gerade einen Treppenabsatz in ein Puppenhaus ein, als Kersey an die Hintertür klopfte. Der Anblick des Mannes, den er vom Sehen kannte, beunruhigte ihn.
»Erinnern Sie sich noch an mich, Mr. Goppel? Sergeant Kersey.«
»Ja, natürlich«, sagte Goppel und nahm seine Arbeit wieder auf. Nicht aus Unhöflichkeit, sondern weil er sich, wenn seine Hände beschäftigt waren, leichter entspannen konnte.
Kersey steckte sich eine Zigarette an und sah zu. »Ja, so etwas sollte man auch können!« bemerkte er und seufzte.
»Ist irgend etwas vorgefallen?« fragte Goppel beklommen.
Aber der Polizist war an die Käfige getreten und beobachtete einen Gecko, der den Glasdeckel seines Terrariums kopfunter überquerte. »Wie der das macht!«
»Er hat Saugnäpfe an den Füßen. – Wollten Sie etwas mit mir besprechen, Sergeant?«
»Ja. Nichts Wichtiges. Jemand hat sich den Spaß erlaubt, mir diese Papiere zu schicken. Er behauptet, sie gehörten Ihnen.« Kersey breitete die Bögen auf der Werkbank aus.
»Ja, das stimmt. Die Papiere gehören mir.« Goppel war flau im Magen.
»Waren Sie mit diesem Burschen, diesem Walter Pieck, befreundet?«
»Ich war Walter Pieck, Sergeant.« Goppel hatte beschlossen, die Wahrheit zu sagen.
»Sie waren?«

»Ich *bin* Walter Pieck, falls Sie das vorziehen«, entgegnete Goppel schlicht.
»Ich? Mir ist das vollkommen egal. Haben Sie diese Dokumente verloren?«
»Nein. Sie sind mir aus dem Schreibtisch dort drüben gestohlen worden.«
»Aber Sie haben uns den Diebstahl nicht gemeldet, oder?«
»Nein.«
»Hat der Einbrecher sonst noch etwas mitgenommen?«
»Ja. Etwas Geld und ein paar Orden.«
»Ich frage mich bloß, wozu der Kerl sich die Mühe gemacht hat, mir diese Papiere zu schicken.«
»Das frage ich mich auch.«
»Scheint nicht ganz richtig im Kopf zu sein.« Kersey nahm eine winzige Tür von der Werkbank, musterte sie und legte sie zurück. »Damals haben Sie sich wohl nicht viel davon versprochen, die britische Staatsbürgerschaft als ehemaliger deutscher Infanteriehauptmann zu beantragen. Und jetzt wünschen Sie wahrscheinlich, Sie wären drüben geblieben.«
»Willy Goppel, dessen Identität ich annahm, ist tot. Er starb im Frühjahr 1945.«
»Das ist nun schon eine Ewigkeit her«, bemerkte Kersey und schob die Bögen in den Umschlag zurück. »Aber vorbestraft sind Sie nicht?«
»Nein.«
»Und umgebracht haben Sie diesen Goppel wohl auch nicht, wie?«
»Nein. Er war deutscher Jude, Zwangsarbeiter, und verunglückte bei einem Verkehrsunfall. Wahrscheinlich besaß er Fähigkeiten, die ihnen nützlich waren, sonst hätte er nicht so lange überlebt . . .«
Plötzlich sah Goppel die Straße wieder vor sich, eine sonnenbeschienene Landstraße, und unten am Fuß der Böschung den umgestürzten Laster. Die vier Leichen hatten darum herumgelegen wie lieblos hingefledderte Stoffpuppen . . . Einer der Toten hatte eine vage Ähnlichkeit mit ihm gehabt . . . Am deutlichsten erinnerte er sich an die tiefe, übersonnte Stille. Kein Zeichen von der feindlichen Batterie jenseits des Flusses.

»Ich habe mir Kleider und Papiere eines Toten angeeignet.«
»Haben Sie die Papiere noch?«
»Nein, die habe ich längst vernichtet.«
»Aber Ihre eigenen haben Sie behalten?«
Goppel antwortete nicht. Wozu das jetzt noch alles erklären?
Kersey seufzte. »Ich werde nicht darum herumkommen, die Papiere ans Innenministerium weiterzuleiten, aber wenn sie dort nicht zufällig einen Übereifrigen sitzen haben, ist der Fall damit erledigt.«
Der Sergeant meinte es gut, aber Goppel kam sich entblößt vor, als hätte man ihm eine Schutzhaut vom Leibe gerissen.
»Hat Ihre Frau etwas darüber gewußt?« fragte Kersey.
Nach langem Schweigen sagte Goppel: »Bevor ich meine Kleider mit dem Toten austauschte, war ich bereits desertiert. Ich wollte mich nach dem Westen durchschlagen, nach Essen, wo meine Eltern und meine Schwester wohnten. Daß sie bei einem Bombenangriff umgekommen waren, wußte ich nicht.« Er brach ab und fuhr sich mit seinem roten Taschentuch über die Stirn. »Ich versuche nicht, mich zu rechtfertigen, Sergeant. Vor Menschen, die jene letzten Kriegswochen in Deutschland nicht miterlebt haben, brauche ich das nicht ... Jedenfalls wurde ich gleich danach beim Durchschwimmen eines Flusses verwundet und wachte in einem englischen Feldlazarett auf. Meine spätere Frau war dort Krankenschwester. Ich hatte meine eigenen Papiere, vielleicht, um mich nicht endgültig festzulegen, in meinen Tornister gesteckt und nur die Papiere des Toten in der Tasche, als ich verwundet wurde.«
Goppel nahm seine Arbeit am Puppenhaus wieder auf. »Natürlich hoffte und glaubte ich, der Tornister sei im Fluß verlorengegangen. Aber eines Tages, wir waren längst verheiratet, gab meine Frau ihn mir zurück. Sie hatte ihn aufbewahrt und mein Geheimnis all die Jahre gehütet.«
»Das liegt nun schon lange zurück«, sagte Kersey und warf einen Blick auf seine Uhr. »Ich muß los!« Zum Abschied rief er auf deutsch von der Tür: »Alles Gute!«
Goppel blickte ihm ohne ein Lächeln nach.

3

Am Sonnabend früh hatte der Regen sich verzogen, und die Sonne kündete das vorausgesagte warme Wochenende an. Henry Ward erwachte aus unruhigem Schlaf. Seine Eltern und Alison hatten den Nachtzug nach London genommen und frühstückten nun wohl in ihrem Hotel. Er wäre gern mitgefahren, war aber zu Hause geblieben, um sich mit Yvette auszusöhnen. Nicht, daß er viel für sie empfand, aber er hatte sie vor den Kopf gestoßen, und das Gefühl, einen Menschen verletzt zu haben, war ihm unerträglich.

Er warf sich seinen Bademantel über, drehte den Rundfunk an, machte sich eine Tasse Pulverkaffee in der Küche und trug sie ans Wohnzimmerfenster. Unten im Court marschierte Marty Fiske wieder und wieder um die Eiche herum, an Natalie Coles rotem Wagen vorbei.

Sie brauchte nur mit dem kleinen Finger zu winken, dann würde ich trotz allem wieder gelaufen kommen, gestand er sich zähneknirschend ein.

Yvette stieg die Verandatreppe hinunter und überquerte den Hof. Er wäre gern zu ihr hinuntergelaufen, um die Sache hinter sich zu bringen, aber er war noch nicht angezogen. Sie verschwand in Willy Goppels Werkstatt, wollte ihm wohl wieder beim Säubern der Tierkäfige helfen. Vielleicht konnte er sie abfangen, wenn sie zurückkam.

Aber er verpaßte die Gelegenheit. Als sie gegen Mittag noch nicht erschienen war, holte er sich eine kleine Fleischpastete von dem Riesenvorrat vorgekochter Speisen, den seine Mutter ihm bereitgestellt hatte, nahm sie mit nach oben in sein Zimmer und legte eine Platte auf. Hin und wieder spähte er in den Hof hinunter.

Gegen halb vier sprang der Motor des kleinen Sportwagens an, und er raste ans Fenster. Natalie war allein. Sie blickte vom Lenkrad zu ihm auf und grinste. Ob sie überhaupt noch daran dachte? – Mit dem Jungen habe ich ein bißchen Spaß gehabt . . . habe ihm ein paar Kniffe beigebracht. – Mehr hatte es ihr wohl nicht bedeutet.

Natalie war kaum fortgefahren, als Yvette mit einer Umhänge-

tasche über der Schulter vor die Tür trat. Er rannte die Treppe hinunter, aber bis er die Haustür abgeschlossen hatte und auf der Falcon Street ankam, war sie im Getriebe des Marktes untergetaucht. Wahrscheinlich wollte sie in die Innenstadt, überlegte er, also zur Bushaltestelle! Er hastete die Straße entlang, aber als er sie weit vorn in den Blick bekam, sprang sie gerade auf das Trittbrett eines abfahrenden Busses. Henry machte sich zu Fuß auf den Weg.
Er ging wie unter einem Zwang. Der Wunsch, sie zu finden, mit ihr ins reine zu kommen, steigerte sich zu einer unaufschiebbaren Notwendigkeit. Aber es sollte nicht zu schwierig werden, sie in einer Espressodiele oder in einer Disco aufzustöbern.
Als er im Zentrum ankam, schlug die Uhr des Rathausturms Viertel nach vier. Noch zu früh für die Discos. Auf seinem Streifzug durch die Espressobars stieß er hier und da auf ein paar Schulkameraden.
»Habt ihr Yvette gesehen?«
»Yvette? Junge, Junge, Ward auf Abwegen!«
Sonderbar: Immer wenn Yvettes Name fiel, hatte jemand eine anzügliche Bemerkung über ihre lockere Moral parat. Dabei war er mit ihr nie über einen milden Flirt hinausgekommen. Wenn er versucht hatte, sich weiter vorzuwagen, hatte es immer geheißen: »Laß das, Henry! Wofür hältst du mich?«
Mittlerweile war es sechs Uhr, und er kam sich nach mehreren Tassen Kaffee und fast zwei Stunden erfolgloser Suche allmählich lächerlich vor. Die Discos machten gerade auf, also noch ein oder zwei Discos, beschloß er, dann würde er aufgeben und nach Hause gehen. Er hatte sich in immer weiteren Kreisen von der Innenstadt entfernt und bog nun in die Hilary Street ein, eine ruhige Geschäftsstraße voller Antiquitäten- und Buchläden, Kunsthandlungen und Architektenbüros. In einiger Entfernung erblickte er einen einzigen Passanten auf dem Bürgersteig. Eine Fußgängerin mit einer Umhängetasche. Yvette. Sie ging mit kurzen, raschen Schritten die Straße hinunter. Er hatte bereits angefangen zu laufen, als sie eine Außentreppe hinuntereilte. Eine Tür im Erdgeschoß öffnete

sich, dann war sie verschwunden.
Eine Leuchtreklame mit abwärts deutendem Pfeil wies den Keller als *The Catacombs* aus, ein Restaurant. Geschlossen, stand auf einem Schild in der weißlackierten Fenstertür. Er studierte die Speisekarte in einem blankpolierten, neben der Tür in die Wand geschraubten Messingrahmen. Teuer.

Willy hatte sich schon den ganzen Tag schlecht gefühlt. Nun saß er mit glühendem Gesicht, einem Kratzen in der Kehle und bleischweren Gliedern in seinem Lehnsessel im Wohnzimmer. Ich habe Fieber, dachte er. Während er in den leeren Kamin starrte, döste er ein.
Er war wieder siebenundzwanzig Jahre alt, der junge Walter Pieck, der die letzten Kriegstage noch einmal durchlebte. Aber diesmal blickte er nicht in Willy Goppels Gesicht, als er sich zu der Leiche hinunterbeugte, sondern auf einen Totenschädel, und als er seine Jacke aufknöpfte, schlängelten sich hunderte gelblicher Maden in einer grauenhaft zerfressenen Brusthöhle.
Das Glockenspiel der schwarzen Marmoruhr auf dem Kaminsims leitete die volle Stunde ein und holte ihn in die Wirklichkeit zurück. Er zählte die Gongschläge. Acht Uhr. Ob ihm ein wenig Alkohol jetzt guttun würde? Goppel trank selten, aber er hatte eine Flasche Whisky im Haus. Er überlegte noch, als er die Ladenklingel hörte. Mochte sie klingeln! Aber sein Besucher war beharrlich, und endlich stand Goppel auf, stieg langsam die Treppe hinunter und öffnete. Es war der Professor, der ihm über seine Suche nach den gestohlenen Papieren berichten wollte. Goppel führte ihn nach oben und holte den Whisky aus dem Küchenschrank. Die Bewegung schien ihn zu beleben, aber als er sich wieder gesetzt hatte, spürte er seinen Herzschlag, rascher, heftiger als gewöhnlich.
»Aber Mr. Goppel, Sie sind ja krank!«
Der Professor redete auf ihn ein, doch Goppel hörte kaum zu, erfaßte nur, daß die Fahndung seines Gastes nach den Papieren ergebnislos geblieben war. »Ich glaube, Sie sollten versuchen, den Verlust zu verschmerzen.«
Wenn er doch gehen würde, dachte Goppel. Er hatte nicht die

Kraft, ihn über den Verbleib der Dokumente aufzuklären.
»Kann ich einen Arzt für Sie anrufen?« fragte der Professor schließlich.
Goppel wehrte ab. »Die Nachbarstochter ist schon zur Apotheke gegangen.«
Endlich verabschiedete sich der Professor, und Goppel bat ihn, die offene Hintertür zu benutzen.
»Soll ich sie offenlassen? Ich meine, wäre das ratsam?«
»Nur bis Yvette mir die Medizin bringt. Wenn ich zu Bett gehe, schließe ich ab.«
Zehn nach neun. Der Professor hatte es gut gemeint, aber er war zu lange geblieben, und der Whisky hatte die Kopfschmerzen verschlimmert. Yvette hatte versprochen, die Medizin, die er immer gegen Grippe und schwere Erkältungen einnahm, vor Ladenschluß zu besorgen, aber sie würde erst spät zurücksein, hatte sie gesagt.
Was sie wohl mit spät gemeint hat, überlegte Goppel benebelt. Es war sehr still im Zimmer, kein Verkehr mehr auf der Falcon Street, und die Wards waren verreist, außer Henry. Aber auch Henry war nicht zu Hause, sonst würde er seinen Plattenspieler hören. Die Stille legte sich wie Watte um seine Ohren.
Er nickte erneut ein und sah sich als Kind im Bett liegen. Neben dem dunklen, mit Schnitzereien verzierten Fußende des Bettes stand eine undeutliche Gestalt, seine Mutter. Sie bewegte die Lippen, aber so angestrengt er auch lauschte, er hörte nichts.

Joan Fiske setzte Marty sein Frühstück auf dem Küchentisch vor. Ihr Mann lag noch im Bett. Marty ballte die Faust um den Löffel und schaufelte sich die Corn-Flakes in den Mund. Durch das offene Fenster strömte milde, sommerliche Luft herein. Ein Sonnenstrahl spielte auf dem Abwaschbecken und ließ den blanken Stahl wie Silber aufblitzen. Es würde ein herrlicher Tag werden, aber Joan war deprimiert. Nach ihrem Besuch bei Mrs. Hedley hatte sie sich bemüht, sich in ihr Schicksal zu fügen, aber plötzlich konnte sie nur noch bitter an die Zeit vor ihrer Ehe denken; an die Zeit vor Marty.
Sie senkte den Blick auf ihren Sohn, seufzte und spürte sofort

Gewissensbisse. Marty holte seine Schätze aus der Hosentasche und legte sie auf den Tisch. Einen Bindfaden, eine Wäscheklammer, einen Stein, ein schmutziges Taschentuch und zuletzt eine Damenuhr an einem Amulettarmband.
»Marty! Wo hast du die her?« Der Alptraum, Marty könnte eines Tages anfangen zu stehlen, verfolgte sie schon seit Jahren.
Der Junge hob den Kopf und starrte sie mit leerem Blick an.
»Die Uhr, Marty! Wo hast du sie gefunden? Komm, erzähl es mir, es ist wichtig!«
Marty hielt die Uhr an sein Ohr, schüttelte sie und lauschte erneut. Seine Mutter riß sie ihm aus der Hand. »Marty . . .« Sie verstummte, als sie den schweren Schritt ihres Mannes auf der Treppe hörte. »Laß nur, Marty! Macht nichts.« Sie versenkte die Uhr in ihrer Schürzentasche.
Martin Fiske trat in seinem lila Morgenrock ein. Seine Augen waren verquollen. »Hat er noch nicht gefrühstückt?« fragte er übellaunig. »Was soll der Krempel auf dem Tisch?«
»Steck deine Sachen weg, Marty. Du darfst jetzt auf den Hof. Es ist wunderbar draußen.«

Natalie Cole rollte auf die Seite und blickte dem Mann, mit dem sie das Bett teilte, ins Gesicht. Sie schob ihm den Arm unter den Nacken und preßte ihren nackten Körper gegen den seinen. »Nun komm endlich, Geoff!«
Bishop blieb lethargisch auf dem Rücken liegen. »Heute nicht. Mir ist nicht danach.«
»Was ist los? Bist du krank?«
Er rückte mit einer heftigen Bewegung von ihr ab. »Laß mich in Ruhe, Natalie!«
»Halb elf vorbei. Soll ich dir einen Kaffee machen?«
»Wenn du willst.«
»Wenn ich will? Dein Kaffee ist mir scheißegal! Ich soll mich wohl noch geehrt fühlen, dich bedienen zu dürfen!«
Bishop packte sie am Handgelenk. »Laß mich in Ruhe, hab' ich gesagt!«
Sie warf sich wutschnaubend zu ihm herum. »Und wenn nicht?«

Er ließ sie los und murmelte: »Mir ist hundeelend. Hab' mich gestern vollaufen lassen.«
»Du Ärmster! Wenn du aufhören würdest, mit dieser Schlampe in deinem Büro zu bumsen, dann hätte ich vielleicht einen Mann, wenn ich einen brauche!«
Sie stand auf, ging ins Badezimmer und fragte durch die offene Tür: »Wann warst du gestern zu Hause?«
»Gegen Mitternacht. Warum?«
»War Yvette noch unten?«
»Nein. Sie muß schon im Bett gewesen sein.«
Natalie warf ihr Negligé über und ging hinunter in die Küche, wo sie die Kaffeemaschine anstellte. Um die Milch hereinzuholen, mußte sie die Vordertür öffnen. Sie war noch verriegelt. Merkwürdig. Yvette war um diese Zeit gewöhnlich längst aus dem Haus.
»Yvette! Yvette, bist du noch im Bett?« rief sie vom Fuß der Treppe und stieg, als keine Antwort kam, hinauf. Yvettes Bett war leer. Beunruhigt lief sie zurück in die Küche. Aber auch die Küchentür war von innen abgeschlossen.
»Geoff! Yvette ist gestern nicht nach Hause gekommen!«
Bishop antwortete etwas Unverständliches, und sie rief ihn noch einmal, aber es dauerte eine Weile, bis er in seinem Morgenrock in der Küche erschien. Er war ein großer, kräftig gebauter Enddreißiger mit schwarzem Seehundsbart.
»Ich rufe die Polizei an, Geoff.«
»Damit würde ich mich nicht zu sehr beeilen. Yvette ist schließlich kein Baby mehr. Sie kann gut auf sich selbst aufpassen.«
»Wann hast du sie zuletzt gesehen?«
Bishop runzelte die Stirn. »Gestern, glaube ich, überhaupt nicht.«
»Mittags war sie zu Hause. Wir haben zusammen einen Happen gegessen, und als ich gegen drei zum Friseur fuhr, war sie noch hier. Danach habe ich sie nicht mehr gesehen. Bin anschließend gleich in den Club gefahren.«
»Sie ist sicher bei einer Freundin untergekrochen und ruft gleich an.«
»Blödsinn!« Natalies Stimme war angespannt, als sie die

Polizei benachrichtigte. »Sie schicken jemanden rüber.« Sie ging in die Küche und schenkte den Kaffee ein. »Seit ein paar Tagen ist Yvette unausstehlich.«
»Sie ist abgehauen, meinst du?«
»Möglich.« Natalie hatte einen Einfall. »Aber wenn, dann hat sie ihre Kleider mitgenommen.« Sie verschwand nach oben und kam nach ein paar Minuten noch beunruhigter zurück. »Soweit ich sehe, fehlen nur die Sachen, die sie gestern anhatte. Jeans und T-Shirt.« Sie blieb dicht vor Bishop stehen. »Hast du dich wieder an sie rangemacht?«
Bishop rollte die Augen zur Decke. »Großer Gott! Mußt du mir das bis in alle Ewigkeit aufs Brot schmieren? Es war bloß das eine Mal, als ich blau war. Und ich hab' ihr nichts getan.«
Natalie zuckte die Achseln.
»Und außerdem ist das schon ein paar Monate her. Den Polypen brauchst du jedenfalls nichts davon zu erzählen. Vergiß nicht, das sie mich schon mal im Knast hatten.«
»Du kotzt mich an!«
Sie hörten einen Wagen vorfahren, und Natalie ging an die Tür. »Ach, Sie sind es!« Sergeant Kersey folgte ihr ins Wohnzimmer.
»Also, was ist denn nun los?«
»Yvette ist seit gestern nachmittag verschwunden.«
»Ja, die Meldung habe ich bekommen. Wie alt ist sie inzwischen? Vierzehn?«
»Fünfzehn.«
»Wie meine Älteste.« Kersey steckte sich eine Zigarette an. Er sah die beiden heute nicht zum ersten Mal. Bishops Bekanntschaft hatte er in dessen Gebrauchtwagenladen gemacht, in dem es verschiedentlich zu Schlägereien gekommen war – Bishop selbst hatte einmal nach so einem Vorfall wegen Körperverletzung vor Gericht gestanden –, und auch Natalie hatte er an ihrer Arbeitsstätte kennengelernt. Nachtclubs sind notorische Gefahrenzonen, und die Polizei macht es sich zur Aufgabe, Besitzer und Personal zu kennen.
Kersey stellte die üblichen Fragen und wußte die Antworten im voraus.
»Hatte sie Ihres Wissens einen Grund, von zu Hause wegzu-

laufen?«
»Nein.«
»Kein aufsässiges Benehmen? Keine Wutausbrüche? Sie wissen ja, wie junge Mädchen reagieren, wenn ihnen etwas nicht in den Kram paßt.«
»Nein.«
»Hatte sie einen Freund?«
»Nein, keinen speziellen.«
»Hat sie sich in letzter Zeit in irgendeiner Weise ungewöhnlich aufgeführt?«
»Haben Sie sich schon bei den Nachbarn erkundigt?«
»Nein. Warum auch? Was geht Yvettes Verschwinden die Nachbarn an?«
Kersey streifte seine Zigarettenasche in einem Glasschwan ab.
»Haben Sie sich nicht überlegt, daß die Nachbarn Yvette noch nach Ihnen gesehen haben könnten?«
»Ach ja, daran hatte ich nicht gedacht. Ich gehe . . .«
»Das überlassen Sie jetzt am besten uns.«
Natalie rutschte nervös auf ihrem Stuhl herum. Kerseys knappe Fragen weckten unbestimmte Schuldgefühle in ihr.
»Ich brauche eine Liste aller Verwandten, Bekannten, Schulkameraden, bei denen Yvette sich möglicherweise aufhalten könnte.« Er studierte mit zusammengezogenen Brauen eins der blaugrünen Bilder. »Wohnen noch andere Kinder hier im Court? «
»Nur die Wards von der Post. Ein Junge und ein Mädchen, aber die sind, so viel ich weiß, übers Wochenende verreist.«
»Haben Sie ein Foto neueren Datums von ihr?«
»Nur die Schulaufnahme vom letzten Semester.«
»Das genügt wohl. Noch eine Frage: Wäre es möglich, daß Yvette zu oder mit ihrem Vater verschwunden ist?«
Natalie schien überrascht. »Darauf wäre ich nie gekommen! Nein, das kann ich mir nicht vorstellen. Die beiden würden sich nicht mehr wiedererkennen. Schließlich ist er schon seit zehn, zwölf Jahren . . .«
»Trotzdem. Wissen Sie, wo er wohnt?«
»Als ich zuletzt von ihm hörte, war er in Lincoln, aber das ist auch schon fünf Jahre her.«

»In Ordnung. Wenn Sie mir jetzt Yvettes Zimmer zeigen würden . . .«
»Haben Sie keine Fragen an mich?« warf Bishop ein.
»Nein, vorläufig nicht.«
Bishop schien erleichtert. »Dann gehe ich jetzt. Sollte längst im Geschäft sein.«
Natalie führte Kersey die Treppe hinauf in das nach hinten gelegene freundliche Zimmer mit Einbauschränken, Frisierkommode, Schreibtisch und Waschbecken. Die Schlafcouch war ungemacht.
»Das hat nichts zu bedeuten«, erklärte Natalie. »Sie macht ihr Bett meist erst vor dem Schlafengehen, und manchmal kriecht sie so wieder rein.«
Auf einem Bord über dem Schreibtisch stand ein unordentliches Durcheinander von Schulheften und Lehrbüchern. Kersey durchblätterte ein Heft, in dem es von unschmeichelhaften Kommentaren in roter Tinte wimmelte.
»Sie haßt die Schule«, sagte Natalie.
Der Schrank enthielt neben einer Anzahl Jeans ein Fach voll T-Shirts und ein weiteres mit einem losen Knäuel von Unterwäsche und Strümpfen. Zwei Schulblazer und ein paar Kleider hingen auf Bügeln.
Kersey warf einen Blick in die Schreibtischschubladen – Kugelschreiber, Schreibblock und ein paar Umschläge – nichts von Interesse. In der untersten Schublade lag ein Stapel Illustrierte, und als er ihn heraushob, kam eine flache Keksdose zum Vorschein. Er öffnete sie und stieß auf ein kleines Notizbuch – einen Terminkalender – und achtzehn Fünfpfundnoten.
»Großer Gott!« Natalie war entgeistert. »Wo hat sie das ganze Geld her? Von mir auf keinen Fall!«
Die Kalenderseiten waren fast alle leer, und die wenigen Eintragungen beschränkten sich auf einzelne Worte, Großbuchstaben und unverständliche Zeichen.
»Wissen Sie, was diese Buchstaben bedeuten?« fragte Kersey und reichte Natalie das Buch.
Natalie schüttelte den Kopf. »Da bin ich so schlau wie Sie. Anfangsbuchstaben von Namen, sicher, aber wie soll ich ihre

Freunde kennen, wo sie sie nie herbringt? Yvette behält auch sonst alles für sich. Erzählt nie, was sie macht.« Nach einer Pause setzte sie hinzu: »Glauben Sie, sie treibt sich mit Männern herum?«

»Woher soll ich das wissen?« entfuhr es Kersey gereizt. Dann fing er sich und fuhr sachlich fort: »Ich nehme das Buch mit. Vielleicht helfen uns die Initialen weiter.«

Sie gingen zusammen hinunter.

»Bevor ich ins Revier zurückfahre, sehe ich mich hier im Court um«, sagte Kersey und bat Natalie um die Namen der Nachbarn. Er steckte das Schulfoto und den Taschenkalender ein, ließ sich Yvettes Personenbeschreibung von Natalie diktieren und ging.

Kersey hatte selbst zwei Töchter, eine war dreizehn, die andere fünfzehn, nette, folgsame Mädchen, und doch: Wer kannte seine Kinder so genau, daß er sich keine Sorgen um sie zu machen brauchte? Als Polizist war er sich der Gefahren, denen junge Mädchen ausgesetzt waren, aus erster Hand bewußt. Er hatte sie selbst gesehen, die kleine Nutte, die nach London auskneift, um ihre Ware günstiger an den Mann zu bringen, die junge Unschuld, die sich von ihrem Freund anhimmeln und in ein Paradies entführen läßt, das sich als bitteres Elend entpuppt, und das arme Luder, das das Pech hat, einem Perversen über den Weg zu laufen und tot in einem Graben endet. Kersey war belesen und wußte, daß kaum eins der sogenannten primitiven Völker seinen jungen Menschen so wenig Halt bietet wie unsere zivilisierte Gesellschaft – mit ihrer beinah uneingeschränkten Freiheit, vor die Hunde zu gehen.

Und wenn man dann noch Natalie zur Mutter hatte! – War Yvette aus eigenem Antrieb gegangen, oder hatte man sie dazu verleitet, das war die Frage. Aber es gab noch eine andere, die wesentliche Frage: Lebte sie, oder war sie schon tot?

Jetzt am Sonntag, kurz vor dem Mittagessen, würde sich niemand über sein Erscheinen freuen, aber das ließ sich nicht ändern. Er blieb bei seinem Wagen stehen und blickte in die Runde. Goppel wohnte links über der Einfahrt, die Wards

rechts. Natalies Haus rechter Hand und das Haus der Fiskes gegenüber der Einfahrt waren durch ein Stück Gartenland getrennt. Die Hedleys links im Court besaßen keinen Garten, da die Garagen auf dieser Seite lagen. Eine kleine Eisenpforte zwischen den Garagen und Goppels Zaun führte in den Church Lane, einen Fußweg, der die Falcon Street mit der parallellaufenden Church Street verband.
Aus dem Garten der Fiskes stieg eine Rauchsäule in die stille Luft. Ein großer Mann um die Vierzig häufte Abfall auf einen Spezialbrenner. Seine Strickjacke spannte sich über der leichten Wölbung seines Bauches.
Kersey mußte anhaltend klingeln, bevor Mr. Hedley öffnete. Er hörte das Radio durch die Tür, sonst hätte er angenommen, es sei niemand zu Hause. Hedley war übergroß und klapperdürr, mit einem von Nikotin verfärbten struppigen Schnurrbart, der die ungesunde Blässe seines Gesichts unterstrich.
»Darf ich Sie einen Augenblick stören?«
Mr. Hedley führte ihn ins Wohnzimmer, und Kersey blickte sich beeindruckt um. Der Bechsteinflügel, die unzähligen Bücher, ein paar antike Möbel und ein verblichener chinesischer Seidenteppich gaben dem Raum eine kultivierte, wenn auch etwas verstaubte Eleganz. Mrs. Hedley, das weibliche und feiner wirkende Gegenstück zu ihrem Mann, saß am Tisch in der Eßnische bei einer wenig appetitanregenden Mahlzeit, aber Besteck, Porzellan und Gläsern sah man an, daß sie nie neben den Massenartikeln eines Warenhauses gestanden hatten.
»Lassen Sie sich beim Essen nicht aufhalten.«
Hedley setzte sich seiner Frau gegenüber, während die Sibeliussinfonie unvermindert laut durchs Zimmer dröhnte.
»Würden Sie das Radio leiser stellen?« bat Kersey.
Mrs. Hedley wandte sich an ihren Mann. »Was will er?«
»Die Musik ist ihm zu laut.«
»Stell sie ab. Bei dieser Unruhe kann ich ja doch nicht zuhören.«
Hedley drehte den Apparat ab.
»Yvette Cole ist verschwunden«, sagte Kersey. »Ihre Mutter hat sie seit gestern nachmittag nicht mehr gesehen.«

Mrs. Hedley schnaubte verächtlich. »Bei dieser Hure erstaunt mich das nicht. Höchstwahrscheinlich weiß sie auch sonst kaum je, wo das Kind steckt.«
»Erinnern Sie sich, wann Sie Yvette zuletzt gesehen haben?«
»Gestern nachmittag«, sagte Mr. Hedley. »Zwischen drei und vier. Von unserer Veranda aus.«
»Auf das Gedächtnis meines Mannes ist kein Verlaß!« fuhr Mrs. Hedley dazwischen.
»War sie allein?«
»Ja, soweit ich sehen konnte, war sie mit niemandem zusammen. Sie ging über den Hof und durch die Einfahrt auf die Falcon Street, glaube ich.«
»Erinnern Sie sich an ihre Kleidung?«
»Natürlich nicht!« versicherte Mrs. Hedley.
Hedley ignorierte den Einwurf. »Sie hatte diese engen Hosen an, die die jungen Leute jetzt tragen, und einen weißen Pullover mit aufgedruckten Buchstaben.«
»War zu der Zeit sonst noch jemand im Court?«
«Nur Marty Fiske, aber der ist etwas zurückgeblieben.«
»Ein Idiot, hätten wir früher gesagt, aber ein harmloser«, kommentierte Mrs. Hedley.
»Die Wards von der Post sind verreist, nicht wahr?«
»Nein, der Junge ist nicht mitgefahren«, sagte Mrs. Hedley. »Er war heute vormittag draußen in ihrem Hof. Der hat sich auch von dieser Person erobern lassen. Dabei könnte sie fast seine Mutter sein.«
»Aber Emmie! Wie kannst du so etwas behaupten!« Mr. Hedley war schockiert. »Der Junge ist mit Yvette befreundet, und . . .«
Die alte Dame lachte. »Du hast mir selbst erzählt, er sei letzten Sonntag nachmittag zwei Stunden drüben gewesen, und das, als weder dieser Bishop noch Yvette zu Hause waren.«
»Ja, aber das bedeutet noch nicht . . .«
»Bei *der* unbedingt.«
»Aber sonst haben Sie nichts Ungewöhnliches bemerkt?« fragte Kersey.
»Nein«, versicherten beide Hedleys.
Kersey hatte sich kaum verabschiedet, als Mr. Hedley die

Gabel plötzlich sinken ließ.
»Was gibt's denn nun schon wieder?«
»Mir fällt gerade die Sache vom Sonnabend ein. – Ich habe es dir doch erzählt, oder?«
»Du sagtest, du hättest ihn an Willy Goppels Hintertür gesehen.«
»Ja, jedenfalls glaube ich, daß er aus Goppels Hintertür kam.«
»Du glaubst! Reine Einbildung!«
Eine Weile aßen sie schweigend weiter, dann fragte Hedley:
»Ob wir Toby benachrichtigen sollten? Über diese Geschichte, meine ich. Vielleicht will die Polizei ihn vernehmen, und . . .«
»Was könnte die Polizei von Toby wollen? Außerdem hat das Zeit, bis er kommt. Ich spüre, daß er heute nachmittag hereinschaut.«
Mr. Hedley wurde ungeduldig. »Was du auch immer spürst! Du weißt so gut wie ich, daß er nicht kommt. Ist schon seit Monaten nicht mehr bei uns gewesen.«
»Aber gewöhnlich behalte ich recht!« trumpfte Mrs. Hedley auf.

»Sie sollen Ihr Revier anrufen«, rief Natalie über den Hof, als Kersey aus der Tür der Hedleys trat.
Er benutzte die Telefonzelle vor der Post. Inspektor Ware, sein direkter Vorgesetzter, war am Apparat.
»Was ist da drüben los, Doug?«
»Das Mädchen wird seit gestern nachmittag vermißt, aber ob sie von selbst abgehauen ist, oder ob jemand sie gekapert hat, steht noch offen.«
Ware war jung und auf einen meteorhaften Aufstieg bedacht.
»Bei Minderjährigen können wir nicht lange herumwursteln!«
»Niemand wurstelt hier. Ich bin dabei, die Nachbarn zu befragen, und wenn Sie eine Streife zum Abholen rüberschikken, können Sie Foto und Personenbeschreibung, die ich von der Mutter habe, gleich in den Fernschreiber geben.«
»Ja, wird gemacht, aber das Gör ist schon vierundzwanzig Stunden weg, und wir fangen gerade erst an. Ich fürchte, wir werden diesen Fall aus der Hand geben müssen. Die Verantwortung ist zu groß.«

»Ganz wie Sie meinen.«
»Es handelt sich um Natalies Tochter, nicht wahr? Und die lebt doch mit diesem Autofritzen, dem Bishop, oder?«
»Sehr richtig – Sir. Sie haben Ihre Hausaufgaben gemacht!«
»Daß Bishop vor drei Jahren wegen schwerer Körperverletzung gesessen hat, wissen Sie, nicht wahr?«
»Ja, und bei dem einen Mal bleibt es nicht, wie ich ihn kenne. Bishop ist ein Gauner durch und durch, aber deshalb braucht er nicht unbedingt etwas mit jungen Mädchen im Sinn zu haben.«
»Dem traue ich alles zu. Ich übergebe die Sache dem Alten.«

Henry hatte sich unruhig im Bett hin und her gewälzt und war erst im Morgengrauen fest eingeschlafen. Als er aufwachte, war es nach elf. Zunächst spürte er nur ein dumpfes Unbehagen, dann fiel ihm seine Begegnung mit Yvette vom Vorabend ein, bei der er alles nur noch verschlimmert hatte. Er zog die Gardine zur Seite und sah den unbekannten Wagen vor Natalies Haus, einen betagten Escort. Als er seinen Morgenmantel überwarf, klingelte es an der Hintertür. Er ging hinunter und öffnete.
»Henry Ward?«
Der Mann in dem abgetragenen grauen Anzug war nicht ganz so groß wie er, aber er war schwerer gebaut. »Sergeant Kersey«, stellte er sich vor. »Ich will mit dir reden. Darf ich hereinkommen?«
Henry erschrak. Er hatte noch nie etwas mit der Polizei zu tun gehabt.
»Hast du kein eigenes Zimmer?« fragte Kersey, als Henry ihn ins Wohnzimmer führte.
»Doch, natürlich. Aber weswegen wollen Sie mich sprechen?«
»Wegen Yvette Cole. Warum bist du übrigens nicht mit deinen Eltern in London?«
Henry stutzte. Woher wußte der Polizist, daß seine Eltern verreist waren? »Was ist mit Yvette? Ist ihr was passiert?«
»Warum bist du nicht mitgefahren?«
»Was hat das mit Yvette zu tun?« fuhr Henry auf. Der Sergeant machte ihn nervös. »Ich hab' Sie nach Yvette gefragt!«

»Irrtum!« korrigierte Kersey streng. »Wenn hier jemand nach Yvette fragt, dann bin ich es. Und in deinem Zimmer.«
Henry wagte nicht, dem Sergeant den Zutritt in sein Zimmer zu verweigern, aber auf der Treppe fragte er scheinbar lässig: »Sie wollen es wohl durchsuchen, wie?«
Er hatte die Frage sarkastisch gemeint und war bestürzt, als der Polizist begann, seine Bücher durchzublättern und in seinen Platten herumzustöbern.
»Du hast ein paar Achtundsiebziger, wie ich sehe.«
»Ich sammle Jazzplatten. Was ist mit Yvette?«
»Das möchten wir alle gern wissen. Wann hast du sie zuletzt gesehen?« Henry verschanzte sich hinter einem Kompromiß mit der Wahrheit. »Ich sah sie Freitag in der Schule.«
»Wann wart ihr zuletzt zusammen aus?«
»Das muß schon über eine Woche her sein.«
»Verkracht?« Kersey öffnete seelenruhig Schubladen und besah sich den Inhalt.
»Ich glaube nicht, daß Sie das Recht haben, in meinen Sachen herumzuwühlen.«
Kersey tat überrascht. »Das Recht? Natürlich nicht, aber hast du vielleicht was dagegen? Was zu verstecken, wie? Ich habe gehört, daß du eng mit Yvette befreundet bist und möchte selbstverständlich wissen, mit wem ich es zu tun habe.« Er hielt Henry mit knappen Fragen unter Beschuß, während er mit seiner Durchsuchung fortfuhr. »Geht sie auch mit anderen Jungen aus?«
»Ab und zu. Aber sie ist keine Nutte, falls Sie das dachten.«
»Letzten Sonntag nachmittag warst du zwei Stunden in ihrem Haus, und das, obgleich sowohl Yvette als auch Geoff Bishop nicht da waren. Du hast dich also mit Natalie begnügt, stimmt's?«
Henry spürte, wie die Röte ihm in die Wangen stieg, und senkte den Blick. »Mrs. Cole hatte mich zu einem Drink eingeladen, weil ich ihren Wagen für sie in Gang gebracht hatte.«
»Aus Dankbarkeit also. Wie dankbar war sie dir denn? Hat sie dich auch in ihr Bett eingeladen?«
Der Polizist spielte ein Katz-und-Maus-Spiel mit ihm, und

Henry wußte, daß er unterliegen würde.
»Komm schon, Junge! Du redest hier nicht mit deiner unverheirateten Tante, und ich kenne Natalie.«
Henry nickte. »Ja. Aber ist das vielleicht verboten?«
»Keineswegs. Und es hat dir vermutlich sogar mehr genützt als geschadet, wenn du es nicht zur Gewohnheit werden läßt. Nur noch eine Frage: Hat Yvette es herausgefunden?«
Henry war zu keiner Antwort fähig.
»Raus damit! Ja oder nein?«
»Sie kam gerade nach Hause, als ich die Treppe runterkam.«
Der Sergeant stieß einen Pfiff aus. »Und da hat sie dir den Marsch geblasen, was?«
»Nein. Sie hat kein Wort mit mir geredet.« Henry war allmählich bereit, alles zu erzählen, was er wußte, aber er durfte sein Versprechen nicht brechen. Der Polizist baute sich dicht vor ihm auf.
»Aber du möchtest, daß wir sie finden, nicht wahr?«
»Klar möchte ich das!«
»Dann setzt du dich jetzt hin und machst mir eine Liste aller Menschen, mit denen Yvette verkehrt. Ich meine ihre Freunde, nicht sämtliche Bekannten. Versuche, dich auf Namen zu besinnen, die sie dir gegenüber erwähnt hat. Ob du sie kennst, spielt keine Rolle.«
»Ich werde mir Mühe geben.« Henry begann sich bei der Aussicht auf eine Beschäftigung wohler zu fühlen.
Kersey schien das Interesse an ihm zu verlieren. »Ich gehe jetzt zu Mr. Goppel.«
»Der ist, glaube ich, nicht zu Hause. Jedenfalls habe ich ihn nicht gehört oder gesehen. Übers Wochenende ist er öfter weg.«
»Bei Verwandten?«
»Nein. Soweit ich weiß, hat er nur einen Verwandten, seinen Sohn. Der wohnt irgendwo hinter dem Korbmarkt mit Toby Lennon zusammen.«
»Und wer ist Toby Lennon?«
»Mrs. Hedleys Neffe. Früher hat er hier im Court bei den Hedleys gewohnt.«
Kersey trat auf die Falcon Street hinaus. In einiger Entfernung

parkte ein Streifenwagen, und zwei uniformierte Polizisten drückten Türklingeln. Er beschloß, als nächstes die Fiskes dranzunehmen.
Mrs. Fiske öffnete prompt, als hätte sie ihn erwartet, und führte ihn ins Wohnzimmer, wo der Mann, den er beim Abfallverbrennen im Garten gesehen hatte, mit dem *Sunday Telegraph* in einem Sessel saß.
»Treten Sie näher, Sergeant. Darf ich Ihnen etwas anbieten?« schwülstig und aufgeblasen.
»Sie scheinen bereits zu wissen, weshalb ich hier bin.«
»Wir sahen den Betrieb auf dem Hof und haben uns nebenan erkundigt«, erläuterte Fiske.
Joan Fiske setzte sich auf eine Stuhlkante und verkrampfte die Hände im Schoß. »Nicht aus Neugier«, sagte sie. »Aber man will ja nachbarlich sein.«
Fiske beugte sich vor und sagte vertraulich, von Mann zu Mann: »Wenn sie weggelaufen ist, würde ich mich nicht wundern. Man will natürlich nicht klatschen, aber an ihren Vater kann das Mädchen sich sicher nicht mehr erinnern, und die Mutter geht ganz in ihrem Geschäft auf. Ich behaupte nicht, daß sie schlecht behandelt wurde, keineswegs, aber in gewisser Weise muß sie sich manchmal vernachlässigt vorgekommen sein – überflüssig.«
Mrs. Fiske runzelte die Stirn. »Wir haben nicht viel mit den Nachbarn zu tun. Ich kann mich wirklich nicht besinnen, wann ich Yvette zuletzt gesehen habe.«
Kersey stutzte. Warum war die Frau so erregt? Sie hatte ihre simple Aussage nur mit größter Mühe und mit zitterndem Kinn herausgebracht. Auch Fiske warf seiner Frau einen überraschten Blick zu. Dann sagte er: »Ich weiß nicht, seit wann sie vermißt wird, aber mir fällt gerade ein, daß ich sie gestern nachmittag noch gesehen habe.«
»Wie kannst du sie gesehen haben, wo du gestern nachmittag gar nicht hier warst?«
Fiske ignorierte den Einwand seiner Frau. »Ich hatte gestern noch zu tun und war am Nachmittag in meinem Büro in der King Street – ich bin Wirtschaftsprüfer –, und gegen vier sah ich sie durch mein Bürofenster.«

»War sie allein?«
»Ja.«
»Trug sie etwas in der Hand?«
»Aufgefallen ist mir nichts. Möglich, daß sie eine Handtasche dabei hatte.«
»Erinnern Sie sich an ihre Kleidung?«
»Das Übliche. T-Shirt und Jeans.«
»In welche Richtung ging sie?«
»Sie war zum Zentrum unterwegs.«
Kersey stand auf. »Vielen Dank, Mr. Fiske. Demnach hat sie das Haus später als ihre Mutter verlassen, unter Umständen ein wichtiger Anhaltspunkt.«
Mrs. Fiske hatte sich bereits erhoben, um ihn zur Tür zu begleiten. »Wenn ihr was passiert ist, dann war das also nicht hier, sondern im Zentrum. Wie im Dschungel geht's dort zu.« Die Bezeichnung gefiel ihr so gut, daß sie sie wiederholte. »Wie im Dschungel! Man kann sich abends nicht mehr hinwagen, seit all die Schwarzen hier sind. Früher war das anders.«
Kersey wollte sich gerade verabschieden, als Marty hereinschlurfte. Er blickte von einem zum anderen, grinste und murmelte etwas über seine Uhr.
»Später, Marty!« Mrs. Fiskes Stimme war scharf. »Du siehst doch, daß wir Besuch haben!« Sie wandte sich zu Kersey um. »Dies ist Marty, unser Sohn. Er ist etwas . . . Sie sehen ja.«
Bevor Kersey in seinem klapprigen alten Escort abfuhr, klingelte er an Willy Goppels Tür, aber es blieb still im Haus.
Im Revier angekommen, setzte er sich an seine Schreibmaschine, spannte Bogen und Durchschläge schief ein, fluchte, richtete sie gerade und fing an zu tippen. Mit dem Bericht war dieser Fall für ihn erledigt. Ware würde ihn an eine höhere Dienststelle abschieben, und man würde ihn nur noch in der Zeitung und durch den Revierklatsch verfolgen können.
Inspektor Ware steckte den Kopf zur Tür herein. »Der Alte kommt rüber. Er will Sie sprechen, bevor Sie nach Hause gehen.«
Kersey hatte beträchtliche Achtung vor Chief Superintendent Wycliffe, dem Leiter der städtischen Kriminalpolizei, hatte aber zu seinem Bedauern noch nie Gelegenheit gehabt, direkt

unter ihm zu arbeiten. Er hatte seinen Bericht beinahe beendet, als Wycliffe eintrat, ein etwa mittelgroßer, schlanker Mann von bescheidenem Auftreten, mit strengen, fast asketischen Gesichtszügen.
Wycliffe machte es sich auf einem Stuhl an Kerseys Schreibtisch bequem und zündete seine Pfeife an, als hätte er den ganzen Tag Zeit. »Sind Sie in Eile, Sergeant?«
»Nein, Sir. Ich muß nur noch den Schreibkram hier erledigen, dann bin ich fertig.«
Wycliffe gab sich locker, gesprächig. »Wenn ein junges Mädchen verschwindet, weiß man nie, woran man ist«, sagte er. »Es kommt vor, daß man die halbe Division auf die Beine bringt, Tausende an Steuergeldern verpulvert, alles andere liegenläßt und am Ende nichts anderes aufstöbert als eine Göre, die sich wichtig machen wollte.«
Kersey nickte. »Aber immer noch besser, als sie tot aus einem Gebüsch zu ziehen.«
Wycliffe warf Kersey einen prüfenden Blick zu. »Allerdings. Wenn man das auch häufig nicht verhindern kann, selbst wenn man eine ganze Armee mobilmacht.«
Sie erörterten den Fall so ausgiebig, daß Wycliffe den Bericht nicht mehr zu lesen brauchte und als Zugaben Kerseys lebendige Skizzen der Bewohner des Court, ein paar kräftige Randbemerkungen und ein paar Lebensweisheiten Kerseyscher Prägung mitgeliefert bekam.
Auch Kersey hatte die Gelegenheit genutzt, sich ein ungefähres Bild von seinem Gegenüber zu machen: Ein Mann mit fest umrissenen Auffassungen über Gut und Böse, aber kein Mucker; ein unbestechlicher Richter, aber kein Ketzerverbrenner; ein Mann mit Herz, aber ohne Sentimentalität.
Beide Männer waren von ihren Beobachtungen angetan.
»Worauf läuft die Sache also hinaus?« fragte Wycliffe und lehnte sich in seinem Stuhl zurück.
Kersey kratzte sich das stoppelige Kinn. »Auf drei Möglichkeiten, würde ich sagen. Erstens: Das Mädchen war wütend oder eifersüchtig oder angeekelt oder alles zusammen, weil ihre Mutter mit ihrem Freund geschlafen hat, und ist auf eigene Faust losgezogen. Zweitens: Sie ist, ebenfalls aus freien Stük-

ken, mit einem Burschen, von dem wir noch nichts wissen, getürmt, und drittens: Sie ist einem Irren in die Arme gelaufen und in diesem Fall höchstwahrscheinlich tot.«
Wycliffe nickte. »Aber wenn sie freiwillig gegangen ist, hätte sie ihre Kleider mitgenommen, sollte man denken. Und wie ist es mit dem Geld? Das hätte sie dann sicher gut gebrauchen können.«
Kersey schnitt eine Grimasse. »Die Kleider hat sie unter Umständen sogar absichtlich dagelassen, um ihrer Mutter einen gehörigen Schrecken einzujagen. Sie glauben nicht, wie gemein junge Mädchen ihren Müttern gegenüber sein können. Aber die Sache mit dem Geld ist problematischer, besonders, da die Mutter nicht einmal wußte, daß sie es besaß. Wo sie es herhat, müßte man wissen!«
Wycliffe kippte gefährlich auf seinem Stuhl hintenüber. »Zunächst müssen wir herausfinden, ob sonst noch jemand aus ihrem Bekanntenkreis verschwunden ist. Vielleicht hilft uns der Terminkalender dabei weiter. Die Mutter kann mit den Initialen nichts anfangen, sagten Sie?«
»Nein, anscheinend nicht.«
»Dann setze ich jemanden darauf an. Und Ihre dritte Möglichkeit – der Irre?«
»Für diesen Fall muß das Fußvolk raus. Aber wir müßten trotzdem mehr als Glück haben, wenn wir noch was verhindern könnten.«
Wycliffe brachte seinen Stuhl in die horizontale Lage zurück. »Wenn sie bis morgen früh noch nicht aufgetaucht ist, schikken wir ein paar Suchtrupps los. Inspektor Ware hat sich inzwischen in den Krankenhäusern umgetan und ihre Beschreibung in Umlauf gesetzt, und ich werde ein paar Mann in die Discos und Espressos, Bahnhöfe und Buszentralen loslassen. Sie befassen sich vorläufig weiter mit der Umgebung und den Bekannten des Mädchens.«
Kersey war ebenso erfreut wie überrascht. »Ich darf dabeibleiben, Sir?«
»Selbstverständlich. Sie gehören zu meinem Fahndungsteam.«
Kersey kam nach Hause, als es zu dunkeln begann. Esther,

seine Frau, begrüßte ihn wie üblich:
»Du hast bestimmt den ganzen Tag nichts Gescheites gegessen!«
Sie hielt unzureichende, zur Unzeit hinuntergeschlungene Mahlzeiten für das größte Berufsrisiko eines Polizisten. »Ich habe kaltes Fleisch für dich und mache dir rasch einen Salat dazu.«
»Wo sind die Mädchen?«
»Drüben bei Kathy.«
Er machte sich im Bad frisch und warf einen Blick in das Zimmer seiner Töchter, auf die Stöße von Büchern auf Stühlen und Betten, die Aquarien mit trübem, undefinierbarem Inhalt, das kleine Mikroskop und das über den Fußboden verstreute Sammelsurium von Kleidern. Gewöhnlich verdarb ihm dieser Anblick die Laune, aber heute war er ihm willkommen.

Als Toby Lennon im *Pauls Court* ankam, waren die Hedleys bereits bei ihrer Abendroutine angelangt: Mrs. Hedley lärmte am Flügel, und ihr Mann wanderte mit einem Zigarettenstummel zwischen den Lippen im Haus herum. Zufällig trat er gerade auf die Veranda hinaus, sonst hätten sie Tobys Klingeln wohl überhört.
»Guten Abend, mein Junge! Tante Emmie sagte schon den ganzen Tag, du würdest heute hereinschauen. Diesmal hat sie also recht behalten.«
Der Flügel verstummte abrupt. »Toby, da bist du ja!«
»Ja, Tante Emmie, endlich! Ich wollte schon immer mal kommen, aber du weißt ja, wie es ist . . .« Er ging ins Wohnzimmer und gab ihr einen Kuß. »Und alles noch am alten Platz wie bei meinem letzten Besuch zu Hause.«
»Ja, mein Junge, es ist alles wie immer, nur du bist nicht mehr hier, wo du hingehörst. Aber reden wir nicht davon.« Sie stand auf. »Ich mache dir einen Kaffee.«
Hedley wartete, bis seine Frau in der Küche verschwunden war, dann sagte er: »Wenn es nicht das Klavier ist, dann ist es das Radio. Und das von morgens bis abends. Diese klassische Musik läuft mir bald aus den Ohren raus!«
»Aber du siehst fabelhaft aus, Onkel.«

»Na ja, sonst geht's mir ganz leidlich. Und dir? Hast du eine Stellung?«
Lennon setzte sich. »Bis jetzt noch keine feste, Onkel, aber zwischendurch ergibt sich vorübergehend immer mal was. Ich kann nicht klagen.«
»Hast du den Jungen von Goppel noch in der Wohnung?«
»Ja, Freddie ist noch da.«
»Du solltest dich nach einem netten Mädchen umsehen. Zwei Hähne auf einer Stange, das gefällt mir nicht.«
»Frag ihn, ob er das Neueste schon weiß!« rief Mrs. Hedley aus der Küche.
»Was gibt's denn?«
»Sie meint die Geschichte mit dem Nachbarsmädchen, Yvette Cole. Sie ist verschwunden.«
»Was, die Kleine?«
»Fünfzehn ist sie. Alt genug, Dummheiten zu machen und unter die Räder zu kommen. Die Polizei war schon da und hat herumgefragt.«
Mrs. Hedley kam mit einem Tablett herein. »So, nun iß erst einmal, Toby! Du achtest bestimmt nicht genug auf deine Ernährung. Eigentlich hatte ich dich schon zum Tee erwartet.«
»Tatsächlich, Tante Emmie? Ich wäre auch schon eher hiergewesen, aber es ist gestern spät geworden, und ich bin heute erst gegen Mittag aus dem Bett gekommen.«
»Spät? Warum?«
»Ach, nur eine Party. Bei Jeremy Hobson. Du weißt doch, wir waren zusammen in der Schule. Der ist jetzt wohlbestallter Ehemann und wohnt in der Grenville Road.«
»Soso!« bemerkte Hedley. »In der Grenville Road bei den Oberen Zehntausend.«
Lennon nickte. »Das darfst du noch mal sagen, Onkel! Aber die Hobsons hatten schon immer Geld. Jeremy sitzt bei mehreren Firmen im Aufsichtsrat, und deswegen war ich da – wollte Beziehungen anknüpfen. Ohne Beziehungen kommt heute keiner weiter, das weißt du ja.«
Als er sich eine Stunde später verabschiedete, drückte seine Tante ihm drei glatte, neue Geldscheine in die Hand.

4

Um halb sieben bog das Taxi der Wards in die Falcon Street ein. Alison hatte im Zug kaum geschlafen und fröstelte trotz der warmen Morgensonne.
»Hoffentlich hat Henry seine Mahlzeiten nicht vernachlässigt«, sagte Mrs. Ward.
»Wenn er auch nur die Hälfte deiner Verpflegung kleingekriegt hat, geht er die nächsten vier Wochen krumm«, bemerkte Alison.
Mr. Ward warf einen Blick auf den Taxameter und durchsuchte seine Taschen nach dem passenden Kleingeld. »Der liegt bestimmt noch im Bett und schnarcht«, sagte er.
Aber Henry war erstaunlicherweise bereits auf und erwartete sie an der Hintertür. Wie elend er aussieht, dachte Alison, und Mrs. Ward überhäufte ihn mit besorgten Fragen, aber er rückte erst, als sie mit dem Gepäck oben waren, mit der Wahrheit heraus.
»Irgendwann erfahrt ihr es ja doch: Yvette wird vermißt.«
»Vermißt?«
»Ja. Ihre Mutter hat sie seit Sonnabend mittag nicht mehr gesehen, und nun wird sie polizeilich gesucht.«
»Was? Die Polizei . . .?«
»Natürlich«, sagte Mr. Ward. »Wenn ein junges Mädchen verschwindet, fackelt die Polizei nicht lange.«
»Nehmen sie denn an, das ihr etwas passiert sein könnte?«
Plötzlich war die Erregung über die ungewohnte Heimkehr am frühen Morgen wie weggeblasen und ließ müde Ernüchterung zurück.
»Ich hab' euch Kaffee gemacht«, sagte Henry. »Und die Eier sind im Topf auf dem Herd . . .«
Während sie den Kaffee tranken – essen konnte niemand –, bekamen sie die Geschichte nach und nach aus Henry heraus.
»Was, Henry? Der Polizist war hier und hat dich regelrecht vernommen?« fragte Mrs. Ward bestürzt.
»Ja, natürlich.«
»Aber warum bloß? Was kannst du über Yvettes Verschwinden wissen?« Mrs. Wards Unruhe wuchs, und sie ließ Henry

keine Ruhe, bis Kersey um halb acht erschien.
»Ich bitte vielmals um Entschuldigung, daß ich Ihnen schon so früh ins Haus falle«, sagte er. »Dürfte ich mich einen Augenblick mit Alison unterhalten? Sie kennen Yvette sicher gut, Alison, nicht wahr?«
Alison zögerte, und Mrs. Ward beantwortete Kerseys Frage: »Also, befreundet sind die beiden nicht direkt, aber . . .«
»Alison erzählt mir das am besten selbst«, unterbrach Kersey liebenswürdig, aber bestimmt.
»Wir fahren im gleichen Bus zur Schule und kommen manchmal auch nachmittags zusammen zurück, also sehen wir uns ziemlich häufig, aber . . .«
»Aber befreundet sind Sie nicht mit ihr, wie Ihre Mutter schon sagte, nicht wahr? Keine gemeinsamen Freizeitunternehmungen also?«
»Nein.«
»Worüber hat sie sich im Bus mit Ihnen unterhalten? Hat sie je über ihre Freunde und ihre Familie geprochen? Hat sie irgendwann ihren Vater erwähnt?«
»Nein . . . Nein, das nicht.«
»Hat sie einen großen Freundeskreis, soweit Sie wissen?«
Nach zehn Minuten wandte Kersey sich an Alisons Eltern und horchte sie geschickt über die Nachbarn aus. Mr. Ward überließ seiner Frau das Reden.
Soweit es Mrs. Ward betraf, gab es nur nette Menschen im Court, angefangen von Willy Goppel, der die Kinder wie ein Onkel ins Herz geschlossen hatte, bis zu Geoff Bishop, ganz gleich, was die Leute über ihn reden mochten. Ihr gegenüber benahm er sich jedenfalls immer zuvorkommend. Mrs. Fiske und Marty – »So ein lieber, freundlicher Junge« – taten ihr leid, und Mr. Fiskes gelegentliche Arroganz war wohl auf Sorgen in seinem Geschäft zurückzuführen – »Es ist heutzutage weiß Gott nicht einfach, sich im Geschäftsleben zu behaupten.« Mrs. Ward beschrieb die Hedleys als das ideale Ehepaar. Mr. Hedley sei wegen einer Umorganisation in der Stadtverwaltung schon mit sechzig in den Ruhestand getreten, berichtete sie, danach habe er aber noch verschiedentlich gearbeitet, zuletzt, bis vor einem Jahr, in Mr. Fiskes

Büro . . .
Alison machte sich mit widerstreitenden Gefühlen auf den Schulweg. Hätte sie dem Polizisten gegenüber offen sein sollen? Aber ich habe ihr ja kein Wort geglaubt, versuchte sie sich zu beruhigen. Sie wollte mit diesem Blödsinn bestimmt nur angeben.
Aus unerfindlichen Gründen hatte Yvette es immer darauf angelegt, vor Alison aufzuschneiden, sie zu schockieren.
»Hast du schon mal mit einem Mann geschlafen?« hatte sie sie einmal auf dem Weg zur Bushaltestelle gefragt.
»Nein.«
»Sag bloß, du bist noch 'ne Jungfrau!«
»Ja.«
»Du grüne Neune!« Sie hatte Alison wie ein seltsames Wesen aus einer anderen Welt angestarrt. »Ich hab' vor zwei Jahren angefangen.«
»Was? Mit dreizehn?« Alison hatte Yvette nicht zu weiteren Vertraulichkeiten ermuntern wollen, aber die Frage war ihr herausgerutscht.
»Sicher«, hatte Yvette achselzuckend gesagt. »Der erste war Geoff Bishop. Ich war damals noch so rückständig und hab' es meiner Mutter erzählt. Hat die einen Stunk gemacht! Aber hinterher hab' ich mir gedacht, warum nicht. Wenn die Männer scharf darauf sind . . . aber für Geld.«
»Was? Du nimmst Geld dafür?«
»Klar! Was hab' ich denn sonst davon? Für die Frau ist das doch stinklangweilig.«
Alison hatte häufig über dieses und ähnliche Gespräche nachgegrübelt und war zu der Überzeugung gelangt, daß Yvette log. Aber was, wenn diese Geschichten nicht frei erfunden waren? – Alison war tief bekümmert.

Wycliffe machte an diesem Morgen auf dem Weg in seine Dienststelle einen Abstecher zur Falcon Street, stellte seinen Wagen jedoch, weil er keine Parklücke fand, in der parallellaufenden Church Street ab und durchquerte den Church Lane, der zwischen der Friedhofsmauer und dem *Pauls Court* hindurchlief und in die Falcon Street einmündete.

Es war halb neun, und die Straße rüstete sich für den Tag. Aus dem Metzgerladen hallten die Geräusche von Säge und Hackmesser, das Feinkostgeschäft öffnete gerade, und vor dem kleinen Supermarkt scharten sich die Verkäuferinnen und warteten auf den Geschäftsführer. Wycliffe hätte keinen genauen Grund angeben können, weshalb er die Falcon Street mit eigenen Augen sehen wollte, nur, daß ihm die Bewohner des *Pauls Court*, die Kersey ihm geschildert hatte – Natalie Cole, Geoff Bishop, die Wards, die Fiskes, die Hedleys und Willy Goppel – sonst unwirklich geblieben wären. Innerlich hatte er sich nie von der alltäglichen Wirklichkeit des einfachen Polizisten lösen können, bedauerte manchmal sogar seinen Aufstieg zum Chiefsuperintendent, der ihn zu sehr an den Schreibtisch fesselte.
Ein blondes Mädchen mit einer Aktenmappe unter dem Arm trat aus dem Torbogen des Court und schritt die Straße hinunter. Ein paar Minuten später folgte ein sommersprossiger Bursche auf einem Moped – vermutlich Alison und Henry Ward. Vor dem Spirituosenladen machte sich ein Fensterputzer mit Eimer und Mop an die Arbeit. Ein gutgekleideter Mann mit dicker Aktentasche eilte mit dem wichtigtuerischen Gehaben eines von Terminen gehetzten Geschäftsmannes in Richtung Bushaltestelle. Martin Fiske? Warum benutzte er seinen Wagen nicht? Ein Gesundheitsapostel? – Als nächstes schoß ein Cortina mit frisiertem Motor aus dem Tor – Bishop, ohne jeden Zweifel.
Wycliffe schlenderte bis vor Willy Goppels schmales Schaufenster und spähte hinein. Auf staubigen Regalen drängten sich Miniaturmöbel jeder Stilart, und an der Hinterwand waren Puppenhäuser aufgestapelt.
Um Punkt neun öffnete sich die Tür der Post, und Kersey trat auf den Bürgersteig. Er schien nicht im geringsten überrascht über die Anwesenheit seines Vorgesetzten.
»Morgen, Sir! Ich war gerade bei den Wards. Wollte das Mädchen noch vor der Schule abfangen. Sie macht einen netten, vernünftigen Eindruck. Wenn wir ihr glauben können, ist Yvette ein Durchschnittstyp, nicht übermäßig begabt – sie soll die Schule gründlich über haben –, aber auch kein

Flittchen. Allem Anschein nach nicht die Sorte, die etwas wirklich Blödsinniges anstellen würde.«
Kersey streifte Willy Goppels Geschäft mit einem Blick. »Ich habe Ward auch nach Goppel befragt, und er bestätigte die Aussage seines Sohnes. Goppel verschwindet gelegentlich übers Wochenende, kommt aber meist montags im Laufe des Vormittags zurück.«
»Weiß Ward, wo Goppel diese Wochenenden verbringt?«
»Nein. Er soll ein guter Nachbar, aber ein verschlossener Charakter sein.« Kersey berichtete über den Vorfall mit Goppels Wehrdienstpapieren. »Der Diebstahl liegt mehrere Wochen zurück, aber wir bekamen erst am Donnerstag Wind davon, als uns das Zeug ins Revier flatterte. Ich habe mich noch am gleichen Abend mit Goppel darüber unterhalten.«

Mrs. Hedley sah Mr. Fiske zur Arbeit gehen, ließ eine halbe Stunde verstreichen und machte sich zu ihrer Nachbarin auf.
Joan Fiske stellte den Staubsauger ab. »Komm herein, Emmie! Die Hausarbeit läuft mir nicht weg. Soll ich uns einen Kaffee machen?«
Seit jenem ersten Besuch hatte sie sich schon zweimal bei Mrs. Hedley Rat geholt, aber heute kam der Berg zum ersten Mal zum Propheten. Die beiden Frauen hatten sich rasch angefreundet und duzten einander bereits.
»Komisch, wenn man bedenkt, wie viele Jahre wir hier schon nebeneinander wohnen . . .«
Sie setzten sich zu einem Schwatz neben die brodelnde Kaffeemaschine in die Küche.
»Sie haben sie noch immer nicht gefunden«, sagte Mrs. Hedley.
»Ich finde, die Polizei macht zu großes Theater deswegen. Höchstwahrscheinlich ist sie doch mit irgendeinem Halbstarken durchgebrannt.«
Mrs. Hedley nickte. »Zuzutrauen wäre es ihr, bei dieser Mutter! Trotzdem: Ich werde das Gefühl nicht los, daß ihr etwas zugestoßen ist, und ich irre mich selten.«
»Ob das wohl in den Karten stehen würde?« fragte Mrs. Fiske

fasziniert. »Aber wenn sie nicht dabei ist . . .«
»Doch. Selbstverständlich. Die Karten haben auch über Abwesende etwas zu sagen.«
»Du meinst, du könntest sie für Yvette legen?«
Mrs. Hedley schüttelte energisch den Kopf. »Nein, für Minderjährige würde ich sie nicht befragen; das ginge zu weit. Aber für die Mutter könnte ich sie legen.«
»Ach, wirklich? Würdest du . . .«
Mrs. Hedley schritt forsch zur Tür. » Augenblick. Ich hole sie.« Wenn es etwas Interessantes zu tun gab, konnte sie noch erstaunlich agil sein.
Als sie zurückkam, hatte Mrs. Fiske das Wohnzimmer rasch aufgeräumt und ein Tischchen und zwei Stühle ans Fenster gerückt. Mrs. Hedley hatte das schwarze Seidentuch nicht vergessen und breitete es über den Tisch.
»Du weißt wohl nicht zufällig ihr Geburtsdatum?«
»Doch. Sie füllte bei Martin im Büro einmal ein Versicherungsformular aus, und er erzählte, sie hätte am gleichen Tag Geburtstag wie er. Am dritten April.«
»Widder. Also muß ihr Signifikator eine Bildkarte der Kreuzfarbe sein. Sie würde den Reiter wählen.«
Mrs. Fiske staunte. »Woher weißt du denn das?«
»So etwas weiß ich eben«, erwiderte Mrs. Hedley und lächelte. »Würdest du für sie mischen?«
Mrs. Hedley ordnete die Karten auf dem Tuch an und versank in tiefes Nachdenken, während Mrs. Fiske respektvoll schwieg. Die alte Dame setzte mehrmals zum Reden an, besann sich aber immer anders, bis sie schließlich sagte: »Höchst unerfreulich! Sieh dir die Karten aus den großen Mysterien an – Herrscherin und Wiederverkörperung und Kraft, und alle drei reversiert.« Sie schürzte die Lippen. »Klarer hätte das Bild dieser Person gar nicht herauskommen können. Sinnlichkeit verbunden mit Labilität und einer völligen Gleichgültigkeit ihren Mitmenschen gegenüber. Daraus ergeben sich ernste Gefahren. Sie wird ihre Zügellosigkeit – ihre *körperliche* Zügellosigkeit – wahrscheinlich einmal büßen müssen.«
Sie senkte die Augen erneut, murmelte, meditierte, schien

sich an den Karten festzusehen.
Endlich wagte Mrs. Fiske einen Vorstoß. »Was steht denn in den unteren Reihen?«
Mrs. Hedley hob den Kopf. Ihr Blick schien von weither zu kommen, als erwache sie aus einer Trance. »Wie?«
»Die anderen Reihen.«
»Oh. Die gleiche Geschichte. Sieh dir das an: Die Kelchzwei reversiert, daneben der Schwertritter – Sex wie oben, aber diesmal mit Eifersucht gepaart – und mit Habgier. Und ein dunkles Kind spielt mit hinein, ein verschlossenes, heimlichtuerisches Kind, das Unglück bringt. *Ein dunkles Kind . . . Eine schlimme Nachricht.*« Mrs. Hedley schien ihre Nachbarin mit den Augen durchbohren zu wollen.
»Aber das muß doch nicht heißen, daß Yvette . . .«
Die alte Dame schüttelte den Kopf. »Nein, für sich gesehen gewiß nicht, aber die nächste Reihe beginnt mit der Schwertneun, mit einer schweren Krankheit also oder einer *Todesnachricht . . .*«
Abrupt schob sie die Karten zu einem Haufen zusammen und spreizte ihre langen, knochigen Finger darüber. »Nein! Ich will nicht mehr!« Lange Zeit blieb sie reglos sitzen. Schließlich lächelte sie halb abbittend. »Manchmal lasse ich mich von den Karten unterkriegen.«
Joan Fiske war beeindruckt. »Das hätte ich nie für möglich gehalten, wenn ich es nicht mit eigenen Augen gesehen hätte!«

Wycliffe und Kersey standen noch auf dem Bürgersteig vor dem Puppenhausladen. »Ich bin heute den ganzen Tag in der Direktion«, sagte Wycliffe abschließend. »Halten Sie mich auf dem laufenden, und rufen Sie an, sobald Goppel auftaucht.«
Er wollte gerade in den Church Lane einbiegen, als sie einen Ausruf hörten. Ein Mann in einem Arbeitsanzug rannte auf sie zu.
»Sie sind doch von der Polizei?« fragte er atemlos. »Ich habe sie gefunden . . . das Mädchen . . . hinter meinem Schuppen . . . halb nackt und tot.«
Kersey nahm ihn am Arm, und sie ließen sich zum Friedhofs-

tor führen. »Wer sind Sie?«
»Ich? Ich bin der Küster von *St. Olaves.* Couch heiße ich – Jim Couch.« Er wischte sich mit dem Handrücken über die Stirn. »Ich halte auch den Friedhof in Ordnung. Wollte gerade eine Fuhre Unkraut hinter dem Schuppen abladen, als ich sie liegen sah . . . Gott! Der Schock . . .«
Yvettes Leiche lag ausgestreckt auf einem Haufen von Gartenabfällen in der Lücke zwischen dem kleinen Geräteschuppen und der an den Church Lane angrenzenden Friedhofsmauer. Sie trug noch ihre Jeans, aber der bleiche Oberkörper war nackt. Sie war erwürgt worden.
Eine halbe Stunde später war der Friedhof schwarz von Polizisten. Unter der Leitung von Inspektor Scales sperrten sie ein großes Areal mit Seilen ab und umstellten die Leiche mit einer Schirmwand. Der Wagen mit dem Notsarg war bereits unterwegs. Sergeant Smith, der Polizeifotograf, machte Aufnahmen der Leiche und der näheren Umgebung, während Spurenexperten den Boden absuchten. Dr. Franks, der Pathologe, würde gleich eintreffen. Vor dem Eingang zum abgesperrten Church Lane war ein Auflauf entstanden, den die Beamten ohne viel Erfolg zu zerstreuen versuchten.
Wycliffe deutete über die Friedhofsmauer. Daß der Mörder die Leiche über die Mauer geschoben hatte, war ohne weiteres ersichtlich, aber Wycliffe machte Kersey auf die Tatsache aufmerksam, daß dies genau gegenüber der kleinen in den *Pauls Court* führenden Pforte geschehen war. »Wir werden den Kerl hier herum suchen müssen.«
Kersey nickte.
»Es wird Zeit, daß wir ihre Mutter benachrichtigen. Hier sind wir allmählich überflüssig.«
Natalie kam in einem Hauskleid an die Tür. Sie sah übernächtigt aus. »Ach, Sie sind es! Haben Sie . . .« Sie brach ab. »Sie ist tot, das sehe ich Ihnen an. Sie brauchen es mir nicht mehr zu erzählen.«
Sie folgten ihr ins Wohnzimmer, wo sie sich einen Whisky einschenkte. »Sie auch einen?«
»Nein, danke.«
»Wo haben Sie sie gefunden?«

»Auf dem Friedhof.«
»Ist sie ver . . .«
»Nein, sieht nicht so aus.«
»Wie ist es passiert?«
»Sie ist erwürgt worden.« Natalie hatte ihr Leben in ständiger Berührung mit Brutalität und Gewalt verbracht und hätte kein Verständnis für schonende Einleitungen gehabt.
»Das arme Wurm! Wann kann ich sie sehen?«
»In einer Stunde etwa.«
Sie nickte. »Ich ziehe mich am besten an.«
»Kommen Sie so lange allein zurecht?«
»Keine Angst, ich werde schon nicht umkippen. Und die Kehle schneide ich mir auch nicht durch, falls Sie das dachten.«
»Wir holen Sie dann ab.«
Auf dem Hof zog Marty seine unablässigen Kreise um die Eiche.
Wycliffe blickte auf seine Uhr. »Schon nach elf. Versuchen Sie es noch einmal bei Ihrem Freund Goppel.«
»Meinen Sie etwa, er könnte das Mädchen umgebracht und sich dann aus dem Staub gemacht haben?«
»Nein, aber es wäre eine Möglichkeit.«
Kersey ließ Wycliffe unter dem Baum zurück und überquerte den Hof. Marty blieb stehen und blickte Wycliffe fragend an.
»Yvette weg?«
»Ja, Marty.«
Marty nickte langsam und hob die Hände in einer sonderbaren Geste, wie um Wycliffe etwas zu verdeutlichen, aber die Anstrengung wurde ihm zuviel, und er gab auf.
Kersey kam über den Hof. »Noch niemand da.«
Sie gingen zum Friedhof zurück, wo der rundgesichtige Dr. Franks die Leiche zum Abtransport freigegeben hatte und im Begriff war, abzufahren. Wycliffe hatte bereits so oft mit ihm zusammengearbeitet, daß Formalitäten sich erübrigten.
»Was halten Sie davon?«
Franks zuckte die Achseln. »Vor heute nachmittag kann ich nichts Genaues sagen, aber sie scheint seit über vierundzwanzig Stunden tot zu sein. Die Kratzwunden an Brust und Armen

hat sie fast mit Sicherheit nach dem Tode bekommen, vermutlich, als er sie über die Mauer schob.« Er fuhr sich mit den Fingern durch das sandfarbene, schüttere Haar. »Nach Vergewaltigung sieht es nicht aus. Also wohl wieder so ein Fehlgesteuerter. Vielleicht ein Busenfetischist.«
Franks' eigene Schürzenjägerei war kein Geheimnis. Trotz seiner über fünfzig Jahre verbuchte er noch immer Erfolge, die ihn in die Casanovaklasse einreihten. »Verstehe diese Brüder nicht! – Als ob es an den Einrichtungen der Natur noch etwas zu verbessern gäbe!«
»Geben Sie mir so rasch wie möglich Bescheid«, sagte Wycliffe steif. Er war puritanisch erzogen und fand keinen Geschmack an Franks' Reden.
»Selbstverständlich!« Franks stieg in seinen Wagen, der mehr mit einer Rakete als mit einem Transportmittel gemein zu haben schien, ließ den Motor aufheulen und schoß davon.
»Was der sich wohl zu beweisen versucht?« kommentierte Kersey.
Inspektor Scales, der inzwischen im Konfirmandensaal neben der Kirche einen vorläufigen Stützpunkt aufgeschlagen hatte, trat auf Wycliffe zu. »Wir haben ihre Tasche gefunden. Sie lag darauf.«
Die Tasche stand neben dem ausgebreiteten Inhalt auf einem Tisch im Konfirmandensaal: Portemonnaie, Lippenstift, Taschentuch, eine kleine Bonbontüte, ein Schlüssel und eine mit einem Apothekenetikett beklebte volle Medizinflasche. Das Etikett trug das Datum des Sonnabends. Die Tasche hatte auch einen eselsohrigen Zettel mit der aufgekritzelten Zusammensetzung einer Medizin enthalten.
»Kampfer, Äther, Aspirin . . .« las Wycliffe ab. »Ein Grippemittel?«
Scales nickte. »Hab' ich mir auch gedacht, aber wir werden uns in der Apotheke erkundigen.«
Das Portemonnaie enthielt eine Fünfpfundnote, vier Pfundnoten und etwas Kleingeld.

Kurz vor zwölf holte Wycliffe Natalie in seinem neuen Granada ab. Sie hatte kaum Make-up aufgelegt und wirkte in

ihrem schlichten blauen Hemdblusenkleid mit weißem Kragen und weißen Manschetten wie eine ganz gewöhnliche Hausfrau.
Sie mußten ein paar Minuten in einem kahlen kleinen Vorzimmer warten, bevor ein weißbekittelter Wärter sie in die Leichenhalle führte.
Yvette war unter einem Laken auf einer Trage aufgebahrt. Auf ein Zeichen von Wycliffe schlug der Wärter eine Ecke zurück und entblößte das leicht verfärbte Gesicht der Toten. Natalie starrte es einen Augenblick an, dann zog sie das Laken mit raschem Griff an einem Zipfel herunter. Der Wärter wandte schockiert die Augen ab.
»Ist sie so gefunden worden?«
»Nein. Ihre Jeans, Socken und Sandalen sind im Polizeilabor.«
»Was sind das für Kratzer?«
»Sie muß sich an Zweigen auf dem Friedhof verletzt haben.«
»Und warum haben sie ihr die Nägel geschnitten?« Natalie deutete auf die bleiche Hand, die ihr zunächst auf der Bahre lag.
Wycliffe warf dem Wärter einen fragenden Blick zu und bekam ein Kopfschütteln zur Antwort.
»Die Nägel hat sie sich selbst beschnitten.«
Natalie drehte sich zu ihm um. »So schlampig? – Niemals!« Verhaltener Stolz schwang in ihrer Stimme mit. »Sie hat nie viel aus sich gemacht, aber ihre Nägel hat sie nie vernachlässigt. Sie hatte hübsche Hände, das wußte sie.«
Der Wärter deckte die Leiche wieder zu, und Natalie folgte Wycliffe ins Vorzimmer. »Nur noch eine Unterschrift und zwei Fragen«, sagte er. »Wir haben in Yvettes Handtasche eine volle Medizinflasche gefunden, ein Grippemittel. Wissen Sie, für wen diese Medizin bestimmt war?«
»Für sie selbst jedenfalls nicht. Außer Aspirin hat sie nie etwas eingenommen.«
»Aber erinnern Sie sich, ob Yvette am Sonnabend Schmuck trug? – Vielleicht eine Kette? Ringe? Armbänder?«
»Nur ihre Uhr; die hatte sie immer um.«
»Was für eine Uhr?«
»Nichts Teures. Eine einfache Damenuhr an einem Amulett-

armband. Sie haben diese Armbänder sicher schon gesehen.« Eine Büroangestellte kam aus einem Nebenraum und legte Natalie ein Formular zur Unterschrift vor, dann gingen sie zu Wycliffes Wagen zurück. »Jetzt bringe ich Sie nach Hause.«
»Nein, lieber zum Club. Arbeit ist jetzt das einzig Richtige.«
Wycliffe setzte sie vor dem *Cassandra* ab. Die Qualen dieses Tages hatten ihr keine Träne, keine sichtbare Gefühlsregung abgenötigt, und doch spürte Wycliffe ihren Schmerz. Natalie trauerte, wie Tiere trauern, stumm und undemonstrativ.

In der Falcon Street hatte man inzwischen einen der großen blauen Polizeiwagen durch das Friedhofstor manövriert und auf dem Kiesweg geparkt. Diese Wagen enthielten mehrere kleine Kojen und ein mit Funk und Telefon ausgestattetes Behelfsbüro. Als Wycliffe ankam, saß Inspektor Scales bereits am Schreibtisch und telefonierte. ». . . Ich glaube, es handelt sich um ein Grippemittel . . . Ja. Sie haben es am Sonnabend nach einem Hausrezept zubereitet . . . Nein, Mr. Martin. Die Medizin ist, soweit ich weiß, ganz in Ordnung. Wir wollen lediglich wissen, um welche Uhrzeit und für wen Sie sie ausgegeben haben.«
Nach längerem Gespräch mit dem Apotheker legte Scales auf.
»Ein junges Mädchen kam am Sonnabend abend mit dem Rezept in seine Apotheke und wartete, bis er die Mixtur fertig hatte. Sie sagte, sie sei für einen Grippekranken.«
»Aber auf die Uhrzeit kann er sich nicht besinnen?«
»Doch. Das Mädchen ging gegen halb sechs.«
Ein weiteres Stück, das Wycliffe in das Puzzlespiel ihres Verbleibs am Sonnabend nachmittag und abend einfügen konnte.
»Wo ist Kersey?«
»Ich glaube, er macht Mittagspause, muß aber bald zurück sein. Übrigens ist Goppel noch immer nicht aufgekreuzt.«
Sonderbar, Goppels Ausbleiben.
Vom Großeinsatz auf dem Friedhof waren nur noch drei Polizisten übrig, die das Gelände, von zwei Pressefotografen begleitet, systematisch nach etwa übersehenen Spuren durchkämmten. Ein Fernsehwagen pendelte auf der Suche nach

einer Parklücke auf der Falcon Street auf und ab.
»Hoffentlich wird es keiner von *dieser* Sorte!« bemerkte Scales trübe.
Wycliffe wußte, worauf Scales anspielte. Es kam immer wieder vor, daß die Presse einer Reihe von Mordfällen trotz ihres latenten Sensationsgehalts keine Beachtung schenkte, um dann ohne ersichtlichen Grund mit dem nächsten Schlagzeilen zu machen. Für den ganzen Verlauf solcher Fahndungen klebte dem Polizeiaufgebot ein beinahe gleich starkes Rudel störender Reporter an den Fersen.
Wycliffe versuchte, seine Gedanken zu sammeln. Es war möglich, daß der Mörder Yvette im Church Lane, vielleicht sogar auf dem Friedhof selbst überfallen hatte. Aber als mindestens ebenso wahrscheinlicher Tatort kam eins der umliegenden Häuser in Frage. Welches, lag auf der Hand. Natalie mußte gegen drei Uhr morgens aus ihrem Club zurückgekehrt sein, zu einer Zeit also, als Bishop bereits seit mehreren Stunden mit Yvette allein im Haus gewesen war. – Eine zu einfache Lösung? – Nicht unbedingt, schließlich sind die meisten Morde Familienangelegenheiten.
Sobald Kersey sich von der Mittagspause zurückmeldete, besprach Wycliffe seine Vermutung mit ihm und schickte ihn zu Bishop.

Die Fenton Street war der Falcon Street so unähnlich, wie zwei Straßen einander nur sein können. Eine breite Fahrbahn durchschnitt ein uneinheitliches Sammelsurium öder Betonbauten mit gelegentlichen Zwischenräumen, in denen hier und da ein kränkelnder Baum – die Konzession der Stadtplaner an »Die Umwelt« – ein lustloses Dasein fristete. Der Vorplatz vor Bishops Automarkt und Wagenverleih stand voller alter Klapperkisten; das Gebäude selbst war ein riesiger, gallig grün getünchter, rot beschrifteter Schuppen mit flachem Asbestdach.
Kersey und seine Kollegen interessierten sich schon lange für Bishop, besonders intensiv aber erst, seit man nach drei aufeinanderfolgenden Einbrüchen im Industrieviertel jedesmal einen seiner Lieferwagen verlassen auf der Autobahn

vorgefunden hatte.
»Woher soll ich wissen, ob es sich bei Kunden, die meine Wagen leihen, um Verbrecher handelt, Mr. Kersey? Ich sehe mir den Führerschein an, lasse mir die Anzahlung geben, und damit hat sich's für mich.«
Kersey fand den Verwaltungsteil des Schuppens, durchquerte ein leeres Vorzimmer und betrat das Büro. Bishop saß über einen zerfledderten Schnellhefter gebeugt an seinem Rollpult und beklopfte sich die Zähne mit einem Kugelschreiber.
»Ah, Mr. Kersey! Nehmen Sie Platz!«
Kersey blieb stehen. »Sie haben die Nachricht über Yvette inzwischen wohl bekommen, oder?«
Bishop legte sein Gesicht in Kummerfalten. »Ja. Natalie rief an. Sie war vollkommen fertig. Ist ja zu verstehen, nicht? Mich hat die Sache auch ganz schön umgeschmissen. War ein nettes Gör. Man ist ja nicht der Vater, aber . . .«
Kerseys Blick blieb an dem Aktfoto auf dem Pornokalender über Bishops Schreibtisch hängen. »Wann haben Sie sie zuletzt gesehen?«
Bishop zupfte an seinen Schnurrbartenden. »Das muß Sonnabend gewesen sein, aber wenn man im selben Haus wohnt, achtet man nicht so darauf. Genau kann ich es nicht sagen.«
Kersey wandte eine bewährte Taktik an: Er starrte ihm ungläubig ins Gesicht und hatte Erfolg. Bishop ließ seinen Kugelschreiber wie in tiefem Nachdenken sinken. »Sie haben recht, Mr. Kersey. Yvette kam am Sonnabend nachmittag hier vorbei. Das war mir entfallen.«
»Um welche Zeit?«
»So um vier herum. Vielleicht auch etwas später.«
»Was wollte sie?«
»Sie schaute öfter herein, wenn sie hier in der Gegend war.«
»Was wollte sie?«
»Sie fragte, ob sie an den Wochenenden bei mir arbeiten könnte, wenn Sie's unbedingt wissen müssen.«
»Und haben Sie sie eingestellt?«
»Aber ich bitte Sie! Ich kann keine fünfzehnjährigen Mädchen gebrauchen und übers Wochenende bei den Autoverkäufen schon gar nicht.«

»Warum wollte sie denn arbeiten?«
»Warum will überhaupt jemand arbeiten, Mr. Kersey? In dem Alter waren wir mit ein paar Shillingen zufrieden, aber heute denkt die Jugend nur noch in Fünfern.«
»Und wie hat sie Ihre abschlägige Antwort aufgenommen?«
»Na ja, sie war enttäuscht, aber ich hab' ihr gut zugeredet, und als sie ging, lachte sie schon wieder. Ich war schließlich der einzige, der ihr väterlichen Halt gab.«
Kersey setzte eine feierliche Miene auf. »Sie sollten auf Sozialarbeit umsatteln, Mr. Bishop. Bei Ihrem Talent?« Er setzte sich und zündete sich eine Zigarette an. »Haben Sie ihr hier und da mal ein bißchen Geld zugesteckt?«
»Geld? Wo denken Sie hin? Das hätte Natalie niemals zugelassen.«
Kersey ließ eine Pause eintreten, und Bishop begann, nervös auf seinem Stuhl herumzurutschen. »Wenn Sie keine weiteren Fragen haben, Mr. Kersey, dann . . .«
»Wann sind Sie am Sonnabend nach Hause gekommen?«
Bishop fand nicht gleich eine Antwort. »Sonnabend? So gegen halb zwölf, glaube ich.«
»War Yvette schon da?«
Bishops Gesicht verfinsterte sich. »Nun machen Sie's mal halblang, Mr. Kersey! Sie wissen verdammt genau, daß sie nicht da war! Aber ich hab' sie nicht vermißt, weil sie um die Zeit sonst schon im Bett war.«
»Wo waren Sie am Sonnabend?«
»In meiner Stammkneipe. *The Sportsman* in der Falcon Street.«
»Waren Sie mit dem Wagen da?«
»Nein, zu Fuß.«
»Ist Ihnen auf dem Heimweg irgend etwas aufgefallen?«
»Nein. War, unter uns gesagt, blau wie 'ne Haubitze.«

Natürlich dauerte es nicht lange, bis man in der Post erfuhr, was geschehen war, und nun standen die Kunden erschüttert in dem kleinen Laden, wechselten sporadisch ein paar halblaute Worte und verstummten wieder. Die Falcon Street war altmodisch genug, ihre Toten noch zu betrauern.
»Nun?« fragte Mrs. Hedley aus der Küche, als ihr Mann von

der Post zurückkam. Sie hatte ihn nach Briefmarken ausgeschickt und hoffte auf eine Neuigkeit.
»Jim Couch hat sie gefunden. Auf einem Abfallhaufen hinter seinem Schuppen. Tot.«
Auch Mrs. Hedley war ergriffen. »Das arme Kind!«
Hedley seufzte. »Anscheinend hat der Mörder sie erwürgt und dann über die Friedhofsmauer geschoben.«
Mrs. Hedley unterbrach ihre Mittagsvorbereitungen, um ihrer Freundin die Nachricht zu bringen.
»Und du hast es gewußt!« sagte Mrs. Fiske beinah ehrfürchtig.
Die alte Frau schüttelte den Kopf. »Nein. Die Karten wußten es; ich hatte nur eine Vorahnung.« Nach einem Augenblick fuhr sie fort: »Der Mörder hat sie gegenüber der Pforte zum Church Lane über die Friedhofsmauer geschoben.«
Mrs. Fiske krampfte die Hände ineinander. »O Gott! Dann war es jemand hier vom Court!«
Mrs. Hedley blickte sich argwöhnisch um, als fürchtete sie, belauscht zu werden, und senkte die Stimme. »Ich habe dir etwas zu erzählen, aber das behältst du für dich, nicht wahr?«
»Natürlich.«
»Du weißt doch, daß mein Mann zu jeder Tages- und Nachtzeit auf unsere Veranda geht. Das ist sicher eine Alterserscheinung. Er wird oft unruhig und . . .«
»Ja. Ich sehe ihn oft draußen auf eurer Veranda.«
»Also, er sagt, er hat von der Veranda aus etwas bemerkt. Etwas äußerst Verdächtiges. Als er vorgestern spätabends noch draußen war, hat er jemanden aus Willy Goppels Hintertür kommen sehen. Das bildet er sich wenigstens ein, aber er könnte sich irren. Vielleicht kam dieser Jemand nicht aus Goppels Tür, sondern durch die Pforte daneben.«
»Aber wer . . .?«
»Das mußt du dir schon selbst ausrechnen. Nur noch so viel: Wer hier im Court würde sich an fünfzehnjährigen Mädchen vergreifen? Wer hatte die größte Chance, sich an Yvette heranzumachen?«
»Sollte Mr. Hedley damit nicht zur Polizei gehen?«
»Auf keinen Fall! Natürlich will er die Sache melden, aber was würden die schon auf die Aussage eines alten Mannes geben!

Und wenn dieser Bursche dann noch hinten herum erfährt, wir hätten ihn verdächtigt! Dann könnte man ja keine Nacht mehr ruhig schlafen.«
»Ach ja; daran hatte ich nicht gedacht. Und wenn Mr. Hedley ihm nichts nachweisen kann . . .« Sie fröstelte. »Du hättest es mir nicht erzählen sollen. Ich bin auch so schon nervös genug.«

Es kam Marty vor, als hätte er Mr. Goppys Katze schon sehr lange nicht mehr gesehen. Er spürte ein vages Unbehagen, wie immer, wenn das ruhige Gleichmaß seines Lebens gestört war. Er hatte sich schon im Laufe des Vormittags mehrmals über Mr. Goppys Zaun gelehnt, hatte leise »Fritzy! Fritzy!« gerufen, aber die Katze hatte sich nicht gezeigt. Nun, nach dem Mittagessen, versuchte er es noch einmal. »Fritzy!« Aber auch jetzt rührte sich nichts hinter dem Zaun. Martys Beklommenheit wuchs, als ihm bewußt wurde, daß er auch Mr. Goppy lange nicht mehr gesehen hatte. Waren sie zusammen fortgegangen? Fort wie Yvette?
Vorsichtig drückte er den Schnappriegel der Gartenpforte hoch, vergewisserte sich ängstlich, daß niemand ihn beobachtete und wagte sich bis zur Hintertür vor. Er hatte sich schon früher ein paarmal in die Werkstatt geschlichen, hatte Mr. Goppy bei der Arbeit an dem kleinen Haus zugesehen, und Mr. Goppy war nie böse geworden.
Verstohlen drehte er den Griff herum und war überrascht, als die Tür nachgab. Wenn Mr. Goppy fort wäre, müßte die Tür verschlossen sein, das wußte er und war erleichtert. Aber er hatte die Katze nicht vergessen. »Fritzy!« rief er leise, beinahe flüsternd und erschrak über das plötzliche Rascheln und Pfeifen aus den Käfigen. Dann besann er sich wieder auf Mrs. Goppys Tiere, trat an die Wand und strich zärtlich über den Maschendraht der Verschläge. Die Meerschweinchen mochte er, aber die Eidechsen machten ihm Angst, und er vermied es, sie anzusehen.
Er hatte eine Weile an den Käfigen gestanden, als ein leises Knarren ihn aufschreckte. »Mr. Goppy!« rief er, bekam aber keine Antwort. Schließlich faßte er Mut, umrundete die Werk-

bank, marschierte zur Tür in der Rückwand, öffnete sie beherzt und betrat einen kleinen Raum am Fuß einer Treppe. Er war noch nie so tief in Mr. Goppys Haus eingedrungen und spähte gefesselt durch die Scheibe einer zweiten Tür, durch die er in Mr. Goppys Laden hineinsehen und die Autos auf der Straße beobachten konnte. Aber dann kam wieder das beunruhigende Knarren, und diesmal aus unmittelbarer Nähe. Er hob den Blick und registrierte neugierig einen großen, unförmigen Gegenstand, der sachte über der Treppe hin und her schwang. Was es war, erkannte er im trüben Licht nicht, aber die Erkenntnis, daß das gelegentliche Knarren von diesem Gegenstand herrührte, beruhigte ihn. Plötzlich, in abrupter Klarsicht, erfaßte er, was dort über ihm im Treppenhaus baumelte. Es war Mr. Goppy. Mr. Goppy mit einer blauen Schnur um den Hals. Marty blieb reglos stehen und starrte lange Zeit fasziniert nach oben.

Dann, unvermittelt, packte ihn namenlose Panik. Er stolperte durch die Werkstatt, durch Mr. Goppys Garten, rannte wie gejagt über den Court, die Verandastufen hinauf und durch das Haus in die Küche, wo seine Mutter am Spülbecken stand.

»Um Gottes willen, was . . .?«

Aber Marty hatte die Sprache verloren. Er konnte nur noch gestikulieren und sie am Ärmel zur Tür zerren.

An Goppels Gartenpforte stieß Wycliffe auf die schreckensbleiche Mrs. Fiske und den wild erregten Marty.

»Da drinnen muß etwas geschehen sein.«

5

Wycliffe blickte in das Gesicht des Mannes im Treppenschacht. Es war dunkel unterlaufen, die Lippen mit der heraushängenden Zungenspitze blau. Die offenen Augen quollen leicht aus den Höhlen. Es war seine erste Begegnung mit Willy Goppel, und Goppel war tot. Die blaue Nylonschnur hing vom Endpfosten des obersten Treppengeländers herab. Irgendwo oben hörte er ein Miauen. Er öffnete eine Tür im ersten Stock, und eine große orangefarbene Katze schoß an ihm vorbei die Treppe hinunter. Er kehrte in die Werkstatt zurück, zog den innen steckenden Schlüssel heraus und verschloß die Tür hinter sich.

Scales machte noch Dienst, als er das Behelfsrevier betrat, und Kersey war gerade von seinem Besuch bei Bishop zurückgekommen. »Goppel ist tot. Er scheint sich erhängt zu haben.«

»Und ich dachte, er wäre abgehauen«, bemerkte Kersey.

Scales fragte: »Ob das etwas mit dem Mädchen zu tun hat?«

»Weiß der Himmel. Aber voraussetzen müssen wir es. Jedenfalls dürfen wir nicht erst daran denken, wenn wir im ganzen Haus herumgetrampelt sind.«

Eine halbe Stunde später begann ein Polizeitrupp, Goppels Haus systematisch in ein Chaos zu verwandeln.

»Vergessen Sie nicht, daß Yvette Cole möglicherweise in diesem Haus ermordet worden ist«, hatte Wycliffe gemahnt, bevor er die Mannschaft einließ. »Wenn sie hier war, wird diese Tatsache sich durch Spuren belegen lassen. Sie sollen diese Spuren finden, nicht verwischen. Halten Sie sich im Treppenhaus an den Seiten, und überlegen Sie es sich zweimal, bevor Sie etwas berühren.«

Dr. Franks traf ein und gab sich flott wie immer. »Das Geschäft floriert, wie ich sehe! Was gibt's denn diesmal? Mord oder Selbstmord? Ich habe noch nie einen Mord durch Erhängen gesehen, aber möglich ist alles. Mein Bericht über das Mädchen wird sich nun natürlich verzögern, aber ich kann nicht an zwei Orten zugleich sein, jedenfalls nicht für mein lumpiges Gehalt.«

Wycliffe blieb unten in der Werkstatt, in der Goppel vermutlich den größten Teil seiner Zeit verbracht hatte und bewunderte das Puppenhaus auf der Werkbank. Es schien ein Modell eines Stadthauses im spätgeorgianischen Stil zu sein, eine maßstabgetreue Nachbildung, soweit Wycliffe es beurteilen konnte. Nun würde es wohl für immer unbeendet bleiben.

An der Rückwand des Raumes, in der Nähe der Dielentür, standen ein paar Bücherregale mit architektonischer Fachliteratur, und an einem hohen altmodischen Lehrerpult lehnte eine Mappe mit Skizzen und Entwürfen, anscheinend Gop-

pels eigene Arbeit.
Das Pult enthielt zwei Geschäftsbücher mit den simplen Bilanzen des Puppenhausladens, gebündelte Quittungen, ein paar unbezahlte Rechnungen, Lieferantenbriefe, ein Scheckbuch, Kontoauszüge in einem Schnellhefter und einen Schreibtischkalender. Beim Durchblättern des Kalenders stieß Wycliffe auf einen losen mit spinnwebfeiner, wie gestochener Handschrift beschriebenen Zettel, eine Aufstellung kleiner Einzelhandelsfirmen der Innenstadt. City Butchers Limited, las er. The Elite Printing and Stationery Company. Im ganzen waren es etwa ein Dutzend. Neben fast allen Eintragungen standen abgekürzte, mit einem Häkchen oder einem Kreuz versehene Namen von Versicherungsgesellschaften. Wahrscheinlich hatte Goppel sich bei den Inhabern dieser Firmen umgehört, um die günstigsten Versicherungen für seine eigenen Unternehmen auszuarbeiten.
Als letztes holte Wycliffe drei Korrespondenzordner aus dem Pult. Der Name des Anwaltsbüros Crowther and Grant stand auf dem ersten, Cassels and White, die Grundstücksmaklerfirma, auf dem zweiten. Der dritte enthielt Goppels Schriftwechsel mit seinem Steuerberater, Martin Fiske.
Kersey rief ihn aus dem Treppenhaus. »Würden Sie einen Augenblick nach oben kommen, Sir?«
Wycliffe stieg die Treppe hinauf. Inzwischen hatte man Goppels Leiche auf eine Trage gelegt und war dabei, sie in den wartenden Leichenwagen zu verladen. Kersey führte ihn in das große Wohnzimmer und deutete auf Goppels Modell des *Pauls Court,* das abgesehen von der abgewetzten Möbelgarnitur in einer Ecke und zwei Sesseln vor dem Kamin fast den ganzen Bodenraum des Zimmers einnahm. Nicht nur Häuser, Hinterhöfe, Garagen und sogar die Eiche waren naturgetreu wiedergegeben, auch die Menschen waren da, holzgeschnitzte, peinlich sorgfältig bemalte Figuren. Die Wards waren sofort zu erkennen. Die Hedleys überblickten die Szene, lang, hager und ein wenig gebeugt, von ihrer Veranda; die Fiskes standen in ihrem Garten, Marty mit seiner charakteristischen, etwas zur Seite geneigten Kopfhaltung neben seiner Mutter. Natalie, eine schlanke, schwarzhaarige Circe,

nahm ein Sonnenbad – in ihrem Bikini, und Bishop, ein breitschultriger Lümmel mit Piratenvisage lehnte am Türpfosten. In Yvette hatte Goppel die schlaffe Pose gelangweilter Jugend treffend eingefangen. Nur Goppels eigenes Ebenbild war unscharf, eine rätselhafte, über seine Blumentröge gebeugte Figur.

»Finden Sie das nicht auch ein bißchen überkandidelt, Sir?« fragte Kersey. »Ich meine, auf den ersten Blick scheint es harmlos naiv, aber wenn man genauer hinsieht, kann man das Gruseln kriegen.« Er verzog das Gesicht zu einer Grimasse und suchte nach Worten. »Kindlich ist es ja, aber auf erwachsene Art. Wenn ich das sehe, frage ich mich, warum er überhaupt Puppenhäuser gemacht hat. Das hätte er gar nicht nötig gehabt, und . . .«

»Ja?« ermunterte Wycliffe.

»Man könnte sich vorstellen, daß Goppel sich zu jungen Mädchen – oder auch zu Jungen – hingezogen gefühlt hat, will ich damit nur sagen. Sowas kommt vor. Denken Sie nur an Lewis Carrol mit seiner Alice im Wunderland. Meist ist ja nichts dabei, aber wenn ein einsamer Mann anfängt, Kinder anzuhimmeln, dann wird die Sache gefährlich, finden Sie nicht?«

»Im allgemeinen ja, aber ich kann mir Yvette nicht als Alice vorstellen – schon eher als Lolita, und selbst für diese Rolle war sie zu alt. Halten Sie es für wahrscheinlich, daß Goppel das Mädchen umgebracht und sich in einem Anfall von Reue erhängt hat?«

»Möglich wäre es.«

Wycliffe drückte sich das Mundstück seiner Pfeife gegen die Wange. »Eine verführerische Idee. Aber angenommen, wir hätten keinen Mordfall am Hals. Angenommen, Yvette lebte noch und wir hätten Goppel erhängt vorgefunden. Was würden Sie dann zu seinem Tod sagen?«

»Immer noch Selbstmord. Aus Verzweiflung über die Sache mit den deutschen Papieren.«

»Aber Yvettes Tod hebt diese Erklärung auf?«

Kersey ließ sich nicht beirren. »Die beiden Fälle müssen zusammenhängen.«

»Wahrscheinlich haben Sie recht«, stimmte Wycliffe zu. »Aber bevor ich mich festlege, will ich von Ihnen wissen, wer Goppels Papiere gestohlen hat und wieso er darauf gekommen ist, sie Ihnen zuzuschicken.«
Kersey grinste. »Der Fall ist also noch zappenduster, aber ich werde mir Mühe geben.«
»Schön. Übrigens sagten Sie doch, Goppel hätte einen Sohn, nicht wahr?«
»Ja. Der lebt bei einem gewissen Toby Lennon, dem Neffen der Hedleys, in der Telfer Street.«
»Wir müssen ihn benachrichtigen, aber das übernehme ich.«
Wycliffes Blick fiel auf die halbvolle Whiskyflasche hinter dem Kaminvorsetzer und die beiden leeren Gläser neben den Sesseln zu beiden Seiten des Kamins. »Er scheint Besuch gehabt zu haben«, bemerkte er zu Fowler, dem Constable, der das Wohnzimmer durchsuchte.
»Sieht so aus, Sir. Das sollte ein paar gute Fingerabdrücke geben. Die Gläser, meine ich.«
»Wer kommt mit?« Franks, der Pathologe, erschien in der Tür. Wenn ein Verbrechen als Todesursache nicht auszuschließen ist, muß ein Kriminalbeamter der Obduktion beiwohnen.
Wycliffe zögerte. »Ich gebe Ihnen Scales mit. Er soll die gesamte Kleidung im Spurensicherungslabor abliefern, und notieren Sie selbst bitte alle Kratzer, die Goppel möglicherweise unmittelbar vor seinem Tod bekommen hat.«
»Warum denn das?«
»Weil das Mädchen ihn vermutlich mit Händen und Füßen bearbeitet hat, falls er der Mörder war.«
Franks nickte. »Stimmt. Wenn doch alle Mörder so vernünftig wären, sich aufzuhängen! Das würde dem Steuerzahler eine Menge Geld sparen.«
Wycliffe war verwirrt. Kerseys Vermutung über Goppels Selbstmord leuchtete ihm ein. Die Tatsache, daß er mit dem Mord zusammengefallen war, schloß einen Zufall so gut wie aus. Die beiden Fälle mußten zusammenhängen. Warum aber hatte Goppel dann versucht, den Verdacht von sich abzulenken, bevor er sich zerknirscht das Leben nahm? Warum hatte er sich die Mühe gemacht, Yvettes Leiche fortzuschaffen?

Auch aus einem anderen, augenfälligeren Grund hielt er Kerseys Theorie für unhaltbar. Er hatte die beiden Leichen gesehen und war überzeugt, daß Goppel das Mädchen nur nach längerem Kampf hätte bezwingen können. Sie hätte Zeit gehabt, ihm das Gesicht zu zerkratzen und mit ihrem Schreien die ganze Nachbarschaft zu alarmieren.
Er stieg zu Sergeant Smith hinauf, der jeden Quadratzentimeter des obersten Treppenabsatzes mit seiner Blitzlichtkamera ausleuchtete.
»Ziemlich viel Tamtam um einen Selbstmord, Sir.« Smith war ein grämlicher Typ mit chronischen Magenbeschwerden.
Wycliffe überhörte die versteckte Frage und murmelte etwas Unverbindliches.
»Hier hat er es mit einem Schifferknoten befestigt.« Smith deutete auf den Endpfosten, von dessen Sockel das Nylonseil noch hinabhing. »Und am anderen Ende hat er eine laufende Schlinge gemacht.« Smith beugte sich über das Geländer. »Im ganzen eine etwa zehn Fuß lange Leine. Wenn er von hier abgesprungen ist, dann hat er acht Fuß für seinen Fall gehabt – mehr, als der Henker ihm früher genehmigt hätte. Kapiere nicht, daß der Pfosten das ausgehalten hat.«
Wycliffe schüttelte den Kopf. »Von hier hat er sich nicht fallen gelassen. Er hat sich die Schlinge einen Absatz tiefer um den Hals gelegt.«
Smith musterte ihn neugierig. »Wie können Sie das wissen?«
»Sie haben Goppels Kopf und Hals doch selbst gesehen. Er ist erstickt. Bei Hinrichtungen durch den Strang trat der Tod durch Streckung und Riß des Rückenmarks ein, nie durch Ersticken.«
»Sie meinen, er hat das Seil hier oben festgemacht und ist dann kühl pfeifend eine Treppe tiefer gegangen, hat den Kopf in die Schlinge gesteckt und sich über das Geländer geschwungen?«
»Wie erregt oder gefaßt er war, kann ich beim besten Willen nicht sagen.« Wycliffe warf einen Blick in den Treppenschacht. »Das Geländer da unten ist nicht bestäubt. Haben Sie dort noch keine Abdrücke abgenommen?« Smith fungierte diesmal auch als Fingerabdruckexperte.

»Nein, Sir, das hatte ich nicht für . . .«
»Dann holen Sie es schleunigst nach. Und übersehen Sie etwaige verschmierte Stellen nicht. Vielleicht finden Sie auch Gewebefasern in den Fugen.«

Eine der Türen auf dem obersten Flur führte in Goppels Schlafzimmer, einen verwohnten Raum mit kaum noch erkennbarem Tapetenmuster. Goppel schien nach dem Tod seiner Frau nichts verändert und nichts renoviert zu haben. Lucy Crabbe, die erste voll ausgebildete Kriminalbeamtin, die Wycliffe je direkt unterstanden hatte, zog das Bett ab, als er eintrat.
»Ich habe hier gerade erst angefangen, Sir.«
»Lassen Sie sich nicht unterbrechen.«
Über dem Bett hing ein gerahmtes Foto von Goppel als stolz lächelndem Vater neben einer zerbrechlich wirkenden Frau mit einem Baby auf dem Schoß. Als junger Mann hatte er einen Schnurrbart getragen.
»War das Bett gemacht?«
»Nein, ich wollte nur nachsehen, ob . . .«

Die Nachricht von Willy Goppels Selbstmord hatte sich inzwischen bis zu den Reportern herumgesprochen, die in der Hoffnung auf Informationen über den Mordfall um das Behelfsrevier herumlungerten. Nicht, daß der Freitod des kleinen Deutschen an sich aktuell gewesen wäre, aber weil er dem Mord gefolgt war, durfte man ihn nicht außer acht lassen.
»Steht der Tod dieses Mannes im Zusammenhang mit dem Mord an Yvette Cole?« fragte ein Reporter.
Wycliffe drehte sich auf dem Trittbrett des Behelfsreviers um und gab eine Pressekonferenz. »Dafür haben wir bislang noch keine festen Anhaltspunkte, aber natürlich ziehen wir jede Möglichkeit in Betracht.«
»Goppel war alleinstehend und nicht mehr der Jüngste. Liegt es da nicht nahe, da er sexuell frustriert war und sich . . .«
»Ich bin kein Psychologe, meine Herren.«
»Ist schon heraus, ob das Mädchen vergewaltigt worden ist?«
»Wir haben keinerlei Anzeichen für eine Vergewaltigung

gefunden.«
Ein zäher kleiner Bursche, den Wycliffe schon von früheren Morduntersuchungen kannte, nahm einen neuen Anlauf. »Wird Goppels Tod etwas an der Art Ihrer Fahndung ändern?«
»Nein. Wir machen weiter wie bisher.«
»In der Hoffnung, den Täter zu überführen?«
»Jede Verbrechensfahndung zielt auf eine Verhaftung ab.«
»Sie würden also auch einen Toten verhaften?«
»Das habe ich zugegebenermaßen noch nie versucht.«

Hedley kam von der Veranda herein. »Bei Goppel muß etwas passiert sein. Die Polizei ist drüben bei ihm.«
»Wie? Was sagtest du?«
Mrs. Fiskes plötzliche Ankunft ersparte ihm eine Wiederholung.
»Willy Goppel hat sich aufgehängt!«
Mrs. Hedley stutzte einen Moment, dann fragte sie: »Aber warum bloß?«
»Er muß Yvette ermordet und sich dann das Leben genommen haben. Sie nehmen an, daß Yvette schon seit Sonnabend tot ist.«
Mrs. Hedley hatte ihre Nachbarin noch nie so erregt gesehen. Wie angetrunken, dachte sie. »Hast du das gehört, Herbert?«
»Natürlich habe ich das gehört, aber das heißt nicht, daß ich es glaube. Willy Goppel würde keiner Fliege etwas tun.«
Seine Frau lachte verächtlich. »Junge Mädchen sind keine Fliegen. Was Sex angeht, sind die Männer alle gleich.«
»Aber was für einen Grund hätte er gehabt, Yvette umzubringen? Sie hat ihm immer mit den Tieren geholfen und . . .«
»Stell dich nicht dümmer, als du bist! Er wird versucht haben, sie zu vergewaltigen, und als sie sich gewehrt hat . . .«
Hedley versuchte, sich eine neue Zigarette anzuzünden, aber seine Hand zitterte zu sehr. »Ich kann es nicht glauben.«
»Oh, es stimmt schon«, sagte Mrs. Fiske. »Ich bin ja so erleichtert!«
Hedley musterte sie beinah feindselig. »Warum erleichtert Sie das?«
»Weil jetzt alles vorbei ist! Diese Ungewißheit war entsetzlich.

Ganz entsetzlich! Und es hätte noch wochenlang so weitergehen können.«
Mrs. Hedley warf ihrer Freundin einen vielsagenden Blick zu. »Jedenfalls brauchen wir uns über einen gewissen Jemand nicht mehr den Kopf zu zerbrechen.«

Die Telfer Street, eine verkommene Häuserzeile hinter der mit politischen Slogans beschmierten Wand des Korbmarktes verdankte ihre fortdauernde Existenz lediglich der Tatsache, daß es der Stadt bisher noch an Geldmitteln für den längst geplanten Abbruch fehlte.
Wycliffe erkundigte sich in einem schmuddeligen Trödelladen nach Freddie Goppels Adresse.
»Goppel?« fragte der Inhaber. »Ach, Sie meinen den kleinen Homo? Bei Pongo Lennon in Nummer fünfzehn. Unterm Dach.«
Wycliffe stieg eine dunkle Treppe hinauf bis zum obersten Absatz. »Lennon« stand mit Filzstift auf einer der beiden Türen. Er mußte zweimal klopfen, bis ein schmächtiger blonder junger Mann ihm öffnete. Wycliffe stellte sich vor.
»Mr. Goppel?«
»Ja.«
»Kann ich Sie einen Moment sprechen?«
Der junge Mann führte ihn in ein schäbig eingerichtetes, verstaubtes Wohnzimmer, in dem es nach Mäusen roch.
»Ich habe eine schlechte Nachricht für Sie, Mr. Goppel.«
»Was Schlimmes? Ist Toby was passiert?« Seine Stimme war ungewöhnlich hoch. Daß man ihn bei einer solchen Stimme, seinem zarten Körperbau und den fast weiblichen Gesichtszügen zum Homosexuellen gestempelt hatte, war unausbleiblich, ob er einer war oder nicht.
»Nein, Ihrem Vater.«
»Ist er tot?«
»Ja.«
»Wie ist das passiert?«
»Wir haben ihn erhängt in seinem Haus gefunden.«
»*Erhängt*? Selbstmord, meinen Sie?«
»Danach sieht es aus. Wissen Sie einen Grund, der ihn dazu

getrieben haben könnte?«
»Großer Gott! Nein! Ich war erst letzte Woche bei ihm, und da ging es ihm gut wie immer.«
»Hat er Ihnen erzählt, daß man ihm kürzlich Dokumente und Geld aus der Werkstatt gestohlen hatte?«
»Nein. Davon hat er nichts gesagt.«
»Wohnten die Coles schon im Court, bevor Sie hierher umzogen?«
»Ja.«
»Sie erinnern sich also noch an Yvette?«
»Ja. Sie ist ermordet . . .« Der Groschen fiel beinahe hörbar. »Sie können doch nicht annehmen, daß mein Vater was damit zu tun hatte? – O Gott!«
»Ich habe keine Ahnung, ob der Tod Ihres Vaters und der Mord an Yvette Cole auf irgendeine Weise zusammenhängen.«
»Aber Sie halten es für möglich? – Lieber Gott!«
Daß Freddie betroffen, ja aufgewühlt war, empfand Wycliffe als ganz normal, aber er registrierte neben diesen natürlichen Emotionen noch eine andere, überraschende: Freddie ließ ihn nicht aus den Augen, musterte ihn wie eine Katze einen fremden Hund. Er hatte Angst.
»Nur noch eine Frage, Mr.Goppel. Wissen Sie zufällig, wohin Ihr Vater gelegentlich übers Wochenende fuhr?«
»Zum Angeln.«
»So? Aber er hatte kein Angelgerät im Haus.«
»Nein, das hat er bei seinem Freund in Bickersleigh gelassen, dem Gastwirt, bei dem er immer übernachtete.«
Als Wycliffe gegangen war, blieb Freddie reglos auf seinem Stuhl sitzen, starrte auf den Fußboden und lauschte Pongos Schritt auf der Treppe entgegen. Er war keines klaren Gedankens fähig, schob jede Überlegung über die Ungeheuerlichkeit des Geschehenen und die Veränderung, die es in sein Leben bringen würde, von sich. Er wußte nur, daß er ohne Pongo verloren war.

Joan Fiske war nicht schadenfroh, und doch war sie an diesem Nachmittag beinahe glücklich. Nicht nur war die drückende

Angst von ihr abgefallen; sie empfand darüber hinaus jedes Mißgeschick anderer als eine Art ausgleichende Gerechtigkeit. Ich bin nicht die einzige, die leiden muß, dachte sie, während sie die Erbsen für das Abendessen entschotete. Zum ersten Mal seit langer Zeit freute sie sich auf die Heimkehr ihres Mannes, dem sie alles würde erzählen können.
Wie üblich ging Fiske grußlos nach oben, als er nach Hause kam und erschien erst im Eßzimmer, als seine Frau die Suppe aufgetragen hatte.
»Daß sie Yvette gefunden haben, weißt du wohl schon, oder?«
»Ihre Leiche«, korrigierte er. »Das hat sie sich selbst eingebrockt. Wenn man sich mit Halunken herumtreibt . . .«
»Nein!«
»Nein? Was soll das heißen?«
»Es war Willy Goppel. Er hat sie ermordet und sich dann an seinem eigenen Treppengeländer aufgehängt. Sie haben ihn heute nachmittag entdeckt.«
»Ach!« Fiske ließ den Löffel sinken und kommentierte nach einem Moment: »Nicht weiter erstaunlich. Dieser Goppel ist mir noch nie ganz astrein vorgekommen. So viel brave Biederkeit! Das gibt's ja überhaupt nicht.«
»Und was wird nun? Sie können doch keinen Toten vor Gericht stellen.«
»Natürlich nicht! Sie werden die Fahndung einstellen, und damit ist der Fall erledigt.«
Aber diesmal irrte Mr. Fiske.

Die Wards saßen beim Abendessen, Alison mit verweinten Augen, Henry blaß und schweigend. Niemand hatte Appetit.
»Daß Willy Goppel zu so etwas fähig war, glaube ich nie und nimmer!« sagte Mrs. Ward verstört. »Als ihr beide klein wart, seid ihr dauernd bei ihm drüben gewesen, wart öfter bei ihm in der Werkstatt als zu Hause. Wir hatten ja auch so viel im Geschäft zu tun.« Sie wandte sich an ihren Mann. »Kannst du dir vorstellen, daß er so etwas Entsetzliches getan hat, Edward?«
Mr. Ward schüttelte den Kopf. »Nein, wahrhaftig nicht.«

Franks nippte an seinem Sherry. »Abgesehen von der Tatsache, daß der Oberkörper nackt war, deutet nichts auf ein Sexualverbrechen hin. Das Mädchen war noch unberührt, und die Abschürfungen sind nach dem Tode dazugekommen.«
Kersey ließ sich durch die illustre Gesellschaft – einen Kriminal-Chiefsuperintendent und einen bedeutenden Pathologen – nicht einschüchtern. »Trotzdem: Wenn irgendeine Verbindung zwischen dem Mord und dem Selbstmord besteht, dann muß Goppel der Mörder sein, selbst wenn Sex als Motiv ausscheidet. Er kann ja auch einen anderen Grund gehabt haben. Vielleicht hatte Yvette ihm die Zigarrenkiste aus dem Schreibtisch geklaut. Das würde auch erklären, woher das Geld in ihrer Schublade stammte.«
Wycliffe musterte ihn interessiert. »Glauben Sie, Yvette hätte Ihnen die Papiere geschickt?«
»Nicht ausgeschlossen. Sie könnte meinen Namen zu Hause aufgeschnappt haben. Schließlich bin ich ein alter Freund von Geoff Bishop, und ihre Mutter kennt mich auch.«
»Sie halten es also für möglich, daß Yvette einen Groll auf Goppel hatte und Ihnen die Papiere aus Rache zugeschickt hat? Schön und gut, aber dann hätte er sie nicht mehr zu ermorden brauchen, meine ich. Damit konnte er das Malheur nicht ungeschehen machen.« Zu Franks gewandt fuhr Wycliffe fort: »Wie weit haben Sie den Mord rekonstruieren können?«
Franks strich sich über das spärliche Haar. »Es war ein Frontalangriff, eine Erdrosselung durch Händedruck von vorn. Außerdem bin ich ziemlich sicher, daß der Mörder mit Handschuhen zu Werke gegangen ist und sehr viel stärker zugedrückt hat, als nötig gewesen wäre. Er hat ihr das Zungenbein dabei gebrochen.«
Wycliffe nickte. »Das ist nicht selten der Fall, oder halten Sie den Mörder deshalb unbedingt für einen überdurchschnittlich starken Mann?«
»Wäre Goppel rein körperlich zu diesem Mord fähig gewesen?«
»Unbedingt.«
»Selbst wenn sie sich gewehrt hat? Sie war zwar nicht groß,

aber trotzdem ein kräftiges fünfzehnjähriges Mädchen.«
»Leicht dürfte es ihm nicht gefallen sein, wenn man sein Alter bedenkt, und besonders stabil gebaut war er auch nicht.«
»Haben Sie irgendwelche Kratzer oder Schrammen an seiner Leiche gefunden?«
»Nein, nichts dergleichen.«
Wycliffe trank einen Schluck Bier. »Ihre Mutter fragte heute mittag in der Leichenhalle, wer Yvettes Fingernägel geschnitten hätte. Falls es der Mörder war, dann kann er es nur in der Absicht getan haben, etwaige Hautpartikel zu beseitigen, die ihn belastet hätten.«
Franks lachte. »Sie reden mal wieder um die Sache herum, Charles. Geben Sie's doch zu: Sie halten Goppel nicht mehr für den Mörder, stimmt's?«
Wycliffe hüllte sich in Schweigen, und Kersey nahm ihm die Antwort ab. »Dann hätten der Mord und der Selbstmord also nichts miteinander zu tun? Da komme ich, offen gesagt, nicht mehr mit.«
Wycliffe seufzte. »Ich auch nicht.«
Bevor Wycliffe nach Hause fuhr, schaute er noch einmal im Behelfsrevier herein, wo Sergeant Bourne Inspektor Scales inzwischen abgelöst hatte. Bourne war ein Vertreter der neuen Polizistengeneration, ein auf Computer dressierter Ehrgeizling, und Wycliffe hatte, obwohl er ihn für einen tüchtigen Beamten hielt, nur wenig für ihn übrig.
»Irgend etwas Brauchbares?«
Bourne blickte von Yvettes kleinem Taschenkalender auf. »Nichts Welterschütterndes, Sir. Diese Sternchen hier treten in regelmäßigen Abständen an mehreren aufeinanderfolgenden Tagen auf, bedeuten also ihre Perioden. Von den Buchstabengruppen – es sind acht verschiedene – beziehen sich fünf auf Schulkameraden, jedenfalls decken sie sich mit den Initialen ihrer besonderen Freunde, das haben wir herausgefunden.« Bourne blätterte weiter. »Interessant wird es erst bei den Zahlen. Jeden Sonntag eine andere seit zwanzig Wochen. Hier: 5.30 und hier: 5.50, dann 6.10 und so weiter. Zuerst dachte ich an Zeitangaben, Verabredungen etwa, aber dafür waren sie zu genau. 5.23 zum Beispiel. Kein Mensch verabre-

det sich zu Punkt fünf Uhr dreiundzwanzig.« Bourne rang sich ein selbstironisches Lächeln ab. »Nicht einmal ich.«
»Was bedeuten diese Zahlen also? Geld?«
»Vermutlich. Summen, die ihr jeden Sonntag ausgezahlt wurden. Vielleicht hatte sie einen Wochenendjob.«
Wycliffe nickte. »Morgen setzen wir jemanden darauf an.«
Er machte sich auf den Heimweg, aber auf der Fahrt durch die Innenstadt hielt er unvermittelt, stieg aus und ging einer plötzlichen Eingebung folgend den regennassen Bürgersteig entlang auf das *Cassandra* zu.
Die Straßen waren wie an jedem Montagabend wie ausgestorben, nur die Leuchtreklame des Clubs blinkte in monotonem Rhythmus auf und ab, der Schein einer Oase in der Wüste. Doch drinnen ging das Geschäft flau. Die Empfangsdame ließ ihn vorbei, ohne nach seiner Mitgliedskarte zu fragen. Man schien ihn zu kennen, obwohl er erst zum zweiten Mal hier war.
Natalie, in raffiniert einfach geschnittener weißer Abendrobe, kam über die gedämpft beleuchtete Tanzfläche auf ihn zu. Sie war eine schöne Frau, eine Frau, deren Verführungskünsten kaum ein Mann widerstehen würde. Warum sie sich mit einem Flegel wie Bishop begnügte, würde Wycliffe immer ein Rätsel bleiben.
»Haben Sie ihn schon geschnappt?«
Wycliffe antwortete mit einer Gegenfrage. »Über Goppels Tod sind Sie im Bilde, nicht wahr?«
»Ja. Aber Sie glauben doch nicht im Ernst, daß der Yvette auf dem Gewissen hat. Dieses Würstchen? – Lächerlich!«
Eine Mutter, die sich so kaltschnäuzig über den eben erst geschehenen Mord an ihrem Kind äußerte, war Wycliffe noch nie begegnet, aber Natalie hatte eine realistische Schule hinter sich.
»Wo können wir uns unterhalten?«
Sie führte ihn zu einem Tischchen in der dunkelsten Ecke des Raumes. »Möchten Sie einen Drink?«
»Nein, danke. – Können Sie sich vorstellen, woher Yvette das Geld hatte? Die neunzig Pfund in ihrer Schreibtischschublade und die zehn in ihrer Tasche?«

»Keine Ahnung. Es sei denn, sie hat sich mit Männern eingelassen.«
»Sie war unberührt. Hätten Sie es gemerkt, wenn es nach und nach aus Ihrer Handtasche verschwunden wäre?«
»Auf jeden Fall!«
»Bishop?«
Natalies Mund verzog sich spöttisch. »Gegen den war sogar Shylock noch spendabel.«
Wycliffe ließ die Augen zu den wenigen Gästen an der Bar hinüberwandern. »Ist das nicht Freddie Goppel? Der dritte von links? Ist er hier Mitglied?«
»Nein, aber der Bursche neben ihm. Der bringt ihn immer mit.«
»Der mit der schwarzen Mähne?«
»Ja. Toby Lennon. Pongo nennt er sich.« Sie kreuzte den Mittelfinger über den Zeigefinger. »'ne ganz dicke Freundschaft ist das mit den beiden.«
»Und der mit dem Schnauzbart? Ist das Bishop?«
Sie schien überrascht, daß er Bishop nicht kannte. »Ja.«
»Ist sonst noch jemand hier, den ich kennenlernen sollte?«
Sie nickte zu einem Tisch in der Nähe der Bar hinüber. »Vielleicht den da drüben. Martin Fiske. Macht mal wieder Überstunden.«
Fiske, ein großer, leicht aufgedunsener Mann Anfang Vierzig, modisch geschniegelt, in einer beinah sichtbaren Aura von Rasierwasser und Deodorants, saß einer jungen Dame gegenüber.
»Und wer ist das Mädchen?«
»Mädchen? Die ist gut und gerne fünfunddreißig. Er hat ihr in Parkeston eine nette kleine Wohnung eingerichtet. Tagsüber spielt sie Sekretärin bei ihm.«
»Weiß seine Frau Bescheid?«
»Wenn nicht, dann ist sie die einzige in der ganzen Stadt.«
»Wie standen Bishop und Yvette zueinander?«
»Nicht schlecht. Warum?«
»Hat es keine Probleme gegeben?«
»Nein.« Natalie fingerte an einem gläsernen Aschenbecher herum. »Ich weiß, Sie halten nicht viel von mir. – Als Mutter,

meine ich. – Vielleicht haben Sie recht, aber Yvette hat es mir auch nicht leichtgemacht. Sie ließ sich nichts sagen, wollte nichts von mir wissen. Dabei hab ich mir alle Mühe mit ihr gegeben, das müssen Sie mir glauben!«
Wycliffe nahm in diesem unerwarteten Ausbruch die ersten Anzeichen echten Gefühls wahr.
»Sie hat sich ganz in ihre eigene Welt eingesponnen«, fuhr Natalie stockend fort. »In eine Phantasiewelt, in der die Männer ihr bloß nette Komplimente machten, wenn sie hüftenwackelnd, in engen T-Shirts und ohne BH herumlief ... Daß man nicht mit Feuer spielen kann, ohne sich zu verbrennen, hat sie mir nicht geglaubt. Dabei habe ich sie andauernd gewarnt. Wer seine Ware anpreist, muß damit rechnen, daß sie verlangt wird.« Die Stimme versagte ihr. »Wenn sie das eingesehen hätte, wäre sie noch am Leben.«
»Aber allem Anschein nach war es kein Sexualverbrechen.«
»Natürlich war es das!« fuhr Natalie auf. »Was gibt es denn sonst noch für Gründe, ein junges Mädchen umzubringen?«
Wycliffe stützte die Ellbogen auf den Tisch und ließ ihr Zeit, sich zu fangen. »Leisten Sie Goppel und seinem Freund doch ein bißchen Gesellschaft«, schlug er endlich vor.
Sie musterte ihn überrascht. »Warum?«
»Unterhalten Sie sich nicht auch sonst ab und zu mit Ihren Gästen?«
Sie stand zögernd auf, durchquerte den Raum und trat an die Bar, wo Lennon sie überschwenglich begrüßte. Was gesprochen wurde, konnte Wycliffe nicht hören, aber er sah, wie Lennon den rechten Arm um Natalie legte und die linke Pranke wie selbstverständlich auf Freddies Schulter fallen ließ und ihn näher zu sich heranzog, aber Freddie schien sich gegen diese Freundschaftsbezeigung zu sträuben. Bishop sah sich beunruhigt um. Wycliffe hatte gesehen, was er sehen wollte und ging.
Natalie fuhr früher als sonst nach Hause. Bishop war bereits im Bett, schlief aber noch nicht.
»Was hatte der Polyp denn zu melden? Hat er dich über mich ausgefragt?«
»Was?«

Bishop wiederholte seine Frage.
»Nein. Er sah dich an der Bar, wußte aber nicht mal, wer du warst.«
»Um so besser!«
Sie setzte sich an den Frisiertisch und begann, sich das Haar zu bürsten. »Ja. Augenblicklich kannst du wirklich nicht klagen, scheinst 'ne regelrechte Glückssträhne zu haben.«
»Wieso Glückssträhne?«
»Na ja, wenn Freddie Goppel seinen Vater beerbt, bist du deine Sorgen los. Mit Freddie kommst du doch klar, oder?«
»Schwuler Knilch!«
»Das hat nichts zu sagen. Stell dich gut mit ihm.«
»Aber ja, doch! Freddie macht uns keine Zicken, aber bei seinem Kompagnon bin ich nicht so sicher.«
»Pongo? Was gehen Pongo Freddies Mietverträge an?«
Bishop drehte sich im Bett zu ihr um. »Mach dir nichts vor! Ohne Pongos Erlaubnis wagt Klein Freddie nicht mal, einen Furz loszulassen, und das bleibt so, mit oder ohne Erbschaft.«

Wycliffe fuhr nach Hause. *Watch House* hieß der solide graue Steinbau, der auf einem Felsvorsprung einsam über der engen Hafeneinfahrt aufragte. Früher hatte er der Küstenwacht gehört. Helen, Wycliffes Frau, hatte das dazugehörende Grundstück, einen halben Morgen Grasland, in einen Garten verwandelt, hatte mit seiner Hilfe Rhododendren, Kamelien und Magnolien gepflanzt und sie mit einer dichten Phalanx von Tamarisken vor dem ständigen Salzwind geschützt. Jenseits des Hauses blinkten die Leuchtbaken der Fahrrinne, und eine mit Lampen gekennzeichnete dunkle Form schob sich langsam und lautlos an ihnen entlang – ein in See stechendes Schiff.
Helen saß, von Pflanzenkatalogen umgeben, im Wohnzimmer und hörte sich eine Platte an.
»Was ist das?« fragte sie ihn zur Begrüßung. Sie hatte seine musikalische Bildung in die Hand genommen und überprüfte sein Wissen hin und wieder.
»Klingt nach Mozart.«
»Haydn – eine der Londoner Sinfonien.«

»Siehst du! Nicht mal so übel. Wenn's nicht Mozart ist, kann es ja nur Haydn sein.«
»Na, weißt du!«

6

Henry Ward war aus unruhigen Träumen erwacht und konnte nicht wieder einschlafen. Im Morgengrauen schlüpfte er aus dem Bett, schlich sich über den Flur ins Zimmer seiner Schwester und rüttelte sie sanft an der Schulter.
»Alison?«
Erschrocken fuhr sie aus dem Schlaf. »Ach, du bist es. Was ist los?«
Henry ließ sich auf dem Bettrand nieder. »Ich muß mit dir reden, Ali. Ich hab der Polizei nicht alles erzählt, was ich weiß.«
Sie setzte sich auf und zog sich die Bettdecke um die Schultern. »Dir wird kalt. Nimm meinen Bademantel.«
Henry gehorchte ohne Widerrede. »Ich habe am Sonnabend abend noch mit Yvette gesprochen, aber als der Polizist mich am Sonntag vormittag ausquetschen wollte, dachte ich, sie wäre bloß von zu Hause ausgerückt, und ich hatte ihr versprochen, dichtzuhalten.«
»Wollte sie denn weg?«
»Ja.«
»Du fängst am besten von vorne an, Henry.«
»Also, du weißt ja, ihre Mutter hatte mich zu einem Drink eingeladen, und . . . und es kam genau, wie wir dachten.«
»Du bist mit ihr ins Bett gegangen?«
»Ja.«
»Hat Yvette das spitzgekriegt?«
»Ja. Als ich die Treppe runterkam, stand sie unten in der Diele.«
Alison umschloß seine kalten Finger mit ihrer warmen Hand. »Bist du deswegen nicht mit nach London gekommen?«
»Ja. Ich wollte allein mit ihr reden, nicht in der Schule. Die

ganze Woche hatte ich ihr schon abends aufgelauert, aber sie ging mir aus dem Weg, das war klar. Sonnabend stand ich den ganzen Tag am Fenster, aber als ich sie um halb drei aus dem Haus kommen sah und ihr durch die Einfahrt nachrannte, war sie nirgends mehr zu sehen.«
»Und?«
»Gegen sechs spürte ich sie in der Stadt auf. In der Hilary Street. Sie verschwand gerade in einem Kellerrestaurant. Es war noch zu, aber ich blieb da, bis sie aufmachten. *The Catacombs* heißt es, ein piekfeiner Laden, und ich hab' mich nicht reingewagt, aber immer wenn Gäste kamen, hab ich durch die Tür geschielt. Sie war drinnen. In einem roten Kleid mit weißer Schürze. Hatte ein Tablett in der Hand.«
»Wußtest du, daß sie als Kellnerin arbeitete?«
»Nein. Du?«
»Nein.«
»Na, nach einer Weile kam eine andere Kellnerin an die Tür und erzählte mir, daß Yvette um zehn frei wäre. Ich bin solange ins Kino gegangen. Yvette war furchtbar böse, daß ich ihr nachgelaufen war, aber als sie sich beruhigt hatte, kam sie mit in die Anlagen in der Lodge Road, und wir setzten uns auf eine Bank. Sie war ganz außer sich. Hat ihre Mutter beschuldigt, daß sie ihr schon immer alles weggenommen hätte, und nun auch noch mich, und es reichte ihr jetzt, und dann fing sie an zu weinen . . .«
»Und was weiter?«
»Nicht viel. Als sie sich ausgeweint hatte, wurde sie wütend und schwor, sie würde ihrer Mutter alles bis zum letzten Penny zurückzahlen. Ich bekniete sie natürlich, nichts zu tun, was sie nachher bereuen würde, aber es war nichts zu machen. Sie wollte mit Bishop und ihrer Mutter nichts mehr zu tun haben. ›Ich haue ab; verlaß dich drauf!‹ sagte sie.«
Das Puppenhaus begann sich im zunehmenden Licht undeutlich gegen die Wand abzuzeichnen. Willy Goppels Puppenhaus, wie jenseits einer schwarzen, unüberbrückbaren Schlucht. Henry starrte es an und fröstelte.
»Du frierst, Henry!«
»Ach wo! Also, ich versuchte, Yvette diese Dummheit auszu-

reden, fragte, wo sie denn hinwollte ohne Geld, aber sie sagte, sie hätte schon eine Menge gespart, und zum Schluß mußte ich ihr versprechen, den Mund zu halten, ›ganz gleich, was passiert‹.«
»Seid ihr denn nicht zusammen nach Hause gegangen?«
»Nein. Ich hab' mir den Mund kaputtgeredet, daß sie mit nach Hause kommen solle, aber sie wurde fast hysterisch, und zwingen konnte ich sie ja nicht. Ja, und dann ist sie alleine weggegangen, und . . .« Henry konnte nicht weitersprechen.
»Aber verliebt warst du nicht in sie, oder?«
»Nein, das nicht, aber ich hab' sie gern gemocht, und jetzt . . .«
Eine Weile lauschten sie stumm auf den Regen, der an die Scheiben prasselte, dann brach Henry das Schweigen. »Was soll ich machen, Ali?«
Sie drückte seine Hand. »Du mußt es der Polizei erzählen. Je eher, desto besser. Am besten gleich heute vor der Schule.«
»Meinst du?«
»Ja.«
Henry stand resigniert auf und schritt zur Tür, aber Alison rief ihn zurück.
»Ich habe der Polizei auch etwas verschwiegen.«
»Über Yvette?«
»Ja. Sie hat mir ein paarmal erzählt, sie ginge mit Männern ins Bett. Für Geld.«
»Blödsinn! Sie wollte dich auf den Arm nehmen.«
»Das hab' ich mir auch gedacht, aber bist du ganz sicher?«
»Ja.« Er zögerte einen Augenblick und setzte hinzu: »Auf dem Gebiet spielte sich nichts bei ihr ab.«

Kersey nahm ihn eine halbe Stunde ins Kreuzverhör. Schließlich blickte er Henry streng in die Augen und sagte: »Du warst also der Letzte, der Yvette lebend gesehen hat – soweit wir wissen.«
Henry zuckte zusammen. »Wieso ich?«
»Wer denn sonst?«
»Der Mann, der sie ermordet hat.«
»Und das warst du nicht, wie?« – »Mein Gott, ich habe Ihnen doch schon erzählt, daß sie mich auf der Bank in der Lodge

Road sitzenließ. Ich mußte ihr versprechen, ihr nicht zu folgen.«
»Das kann jeder behaupten.«
Henry wurde blaß. »Ich habe die Wahrheit gesagt.«
»Aber erst jetzt, wo du dich sicher fühlst.«
»Ich verstehe nicht, was Sie damit meinen.«
»Du servierst uns deine Geschichte erst jetzt, weil du annimmst, wir hätten uns auf Willy Goppel als Täter festgelegt.«
»Das ist gemein! Ich konnte es Ihnen am Sonntag nicht erzählen, weil ich Yvette versprochen hatte, nichts zu verraten und weil ich dachte, sie wäre bloß getürmt. Woher sollte ich wissen, daß sie . . . daß sie tot war?«
»Das weißt du nun schon seit gestern.«
»Ja, aber . . .«
Kersey schnitt ihm das Wort ab. »Du kannst von Glück sagen, daß du nicht in sie verliebt warst. Hoffentlich hast du wenigstens was aus dieser Sache gelernt – von allen beiden, Mutter und Tochter.«
»Wie meinen Sie das?«
Kersey lachte auf. »Wie ich das meine, darfst du dir in aller Ruhe überlegen. Und jetzt verzieh dich. Heute abend kommst du wieder und gibst deine Geschichte zu Protokoll.«
»Ich kann jetzt gehen?«
»Genau! Und ein bißchen plötzlich, sonst setze ich dich höchstpersönlich an die Luft. Aber bilde dir nicht ein, damit wäre die Sache für dich erledigt!«
Henry war bereits an der Tür, als Kersey fragte: »Glaubst du, daß Willy Goppel sie umgebracht hat?«
»Nein. Willy Goppel war es bestimmt nicht. Jedenfalls kann ich mir das nicht vorstellen.«
»In Ordnung. Verschwinde!«
Constable Dixon hatte dem Verhör beigewohnt. »Der kann es gewesen sein, Sergeant.«
»Henry Ward? Der würde keine Schnecke zertreten. Immerhin wissen wir nun, wie sie den Abend bis etwa elf Uhr verbracht hat. Sie erkundigen sich jetzt mal, warum diese Schlafmützen in *The Catacombs* weder Zeitungen lesen, noch

Nachrichten hören.«
»Wie, bitte?«
»Warum sie sich nicht gemeldet haben. Sparsamer Mensch, der Besitzer. Hat sich um die Sozialversicherung und die Steuern für das Mädchen gedrückt, möchte ich wetten, und sie unterbezahlt – aus der Abendkasse.«

Joan Fiske machte sich voller Tatendrang an den Hausputz. Nun, da der Mörder feststand, würde sich niemand mehr für die Uhr interessieren, die sie in der Kommodenschublade in ihrem Schlafzimmer weggeschlossen hatte. Selbst der Dauerregen und Martys Quengeleien, weil er nicht hinauskonnte, vermochten ihre Stimmung nicht zu trüben.
Der Lärm des Staubsaugers mußte die Klingel übertönt haben, denn plötzlich stand Marty mit dem Polizisten in der Wohnzimmertür, mit diesem Kersey, der am Sonntag dagewesen war.
»Was denn nun schon wieder? Wie Sie sehen, bin ich mitten beim Saubermachen. Ich dachte, wir hätten diese gräßliche Geschichte jetzt hinter uns.«
Kersey musterte sie verständnislos. »Wie kommen Sie denn darauf, Mrs. Fiske?«
Die Angst durchfuhr sie wie ein Dolchstoß. »Ich meinte nur . . . Willy Goppel hat sich doch aufgehängt.«
Marty trat gelangweilt auf die Veranda hinaus.
»Und?«
Kerseys sonderbar beobachtender Blick brachte sie aus dem Konzept. Sie durfte sich nicht aufregen, mußte Ruhe bewahren. »Sie müssen entschuldigen, daß ich Ihnen keinen Stuhl anbieten kann.« Sie machte eine vage Handbewegung zu den übereinandergeschobenen Möbeln.
»Das macht nichts. Ich wollte Sie nach dem Verbleib einer Uhr fragen, Mrs. Fiske.«
»Einer Uhr?« fragte sie tonlos.
»Genauer gesagt, Yvettes Armbanduhr. Sie ist verschwunden.«
»So? Warum erzählen Sie mir das?«
Kersey blieb unerschütterlich geduldig. »Weil mir aufgefallen

ist, daß Sie Marty zum Schweigen gebracht haben, als er letzten Sonntag hereinkam und anfing, über eine Uhr zu reden, und weil Sie mich danach so schnell wie möglich loswerden wollten . . .«

»Ich wüßte wirklich nicht, was Sie damit meinen!«

Kersey blickte ihr aufmerksam, aber nicht unfreundlich in die Augen. »Das hat doch keinen Zweck, Mrs. Fiske. Als ich die Uhr eben erwähnte, sind Sie fast umgefallen. Marty hat sie gefunden, nicht wahr?«

Sie antwortete nicht.

»Nicht wahr, Mrs. Fiske?«

»Und was, wenn er sie gefunden hat? Marty würde keiner Fliege was antun!«

»Davon ist auch nie die Rede gewesen«, beschwichtigte Kersey. »Aber wir brauchen die Uhr.«

Mrs. Fiske verließ wortlos das Zimmer und kam eine Minute später mit der Uhr wieder. »Bitte sehr! Ich wünschte, ich hätte sie nie gesehen!«

»Wann hat er sie gefunden?«

»Sonntag früh, bevor Sie kamen. Er zeigte sie mir nach dem Frühstück.«

»Wußten Sie, wem sie gehörte?«

»Ich hatte sie an Yvettes Arm gesehen und dachte, sie hätte sie hier im Court verloren. Natürlich wollte ich sie ihr wiedergeben, aber dann kamen Sie, und . . .«

»Sie hätten mir diesen Fund nicht verschweigen dürfen.«

Plötzlicher, heißer Zorn wallte in ihr auf, Zorn gegen diesen Polizisten und alle anderen, die sich nicht entfernt vorstellen konnten, was es bedeutete, einen Menschen ein ganzes Leben lang tagaus tagein entschuldigen, beschützen, abschirmen zu müssen. »Woher sollte ich wissen, ob Sie mir glauben würden, daß er sie bloß gefunden hat? Ich weiß es ja jetzt noch nicht! Ich kann Ihnen nur versichern, daß Marty nicht lügt, Mr. Kersey – niemals!«

Kersey nickte. »Ich glaube Ihnen, Mrs. Fiske. Wo hat er die Uhr gefunden?«

»Das hab' ich ihn nicht gefragt. Ich wollte, daß er sie so schnell wie möglich vergißt.«

»Dann fragen Sie ihn jetzt.«
Sie zögerte einen Augenblick, ehe sie sich überwand und Marty hereinrief. Er blieb an der Tür stehen und ließ die Augen eifrig wie ein Terrier, der auf einen Befehl wartet, zwischen seiner Mutter und Kersey hin und her gehen.
Mrs. Fiske zeigte auf die Uhr in Kerseys Hand. »Sag mir, wo du sie gefunden hast, Marty . . . Nein, Kind, sie gehört dir nicht, du kannst sie nicht haben. Sei lieb und erzähl mir, wo sie war . . .« Ihre Stimme war wie ausgewechselt, weich singend, beinah hypnotisch.
Martys Eifer erlosch. Er ließ die Arme, die er nach der Uhr ausgestreckt hatte, enttäuscht sinken.
»Wo, Marty? Wo war die Uhr?«
Endlich drehte er sich um, schlurfte ihnen voran aus dem Zimmer in den Regen hinaus, bis fast vor Natalies Veranda, zeigte auf den Boden und sagte apathisch: »Uhr.«
Kersey versank in Nachdenken. Ob Yvette sie hier verloren hatte? Aber warum hatte sie sie dann nicht vermißt und um das Haus herum gesucht? Er verstaute die Uhr in einem Plastikbeutel und machte sich zum Behelfsrevier auf. Wycliffe saß über einen Ordner gebeugt am Schreibtisch.
»Bringen Sie mir etwas?«
Kersey ließ die Uhr aus dem Beutel auf einen Bogen Papier gleiten und erstattete Bericht. Wycliffe zog eine Lupe aus der Tasche, musterte den unversehrten Verschluß und die Bruchstelle zwischen zwei Amuletten mit dem zu einem scharfen Haken auseinandergerissenen Kettenglied und reichte Kersey die Lupe. »Sehen Sie die Fasern an dem Häkchen? Sieht nach Wolle aus.«
Kersey beugte sich über das Armband. »Ob uns das was einbringt? Vielleicht bedeutet das nur, daß Mrs. Fiske die Uhr zwischen ihren Wollsachen aufbewahrt hat.«
»Das wird das Labor entscheiden. Am besten bringen Sie sie sofort hin.«
Wycliffe blieb mit seiner Lektüre allein, einem fünfzehn Seiten langen nichtssagenden Befund über die sechs Kleidungsstücke, die Yvette getragen hatte, und einem zweiten, noch umfangreicheren Bericht, einer Aufstellung der in Gop-

pels Haus gefundenen Spuren. Nur ein Abschnitt interessierte ihn: Man hatte an einem der beiden Whiskygläser, die im Wohnzimmer am Kamin gestanden hatten, außer Goppels eigenen auch andere Fingerabdrücke gefunden und hatte sie dem Bericht in Großaufnahme mit dem Vermerk »Unbekannt« beigefügt. Goppels Besucher war also nicht vorbestraft.
Der Anblick der immer mehr anschwellenden Akte deprimierte Wycliffe. Yvette war tot, Goppel war tot, und es schienen sich nur zwei Lösungen anzubieten. Entweder handelte es sich um zwei unverbundene Einzelfälle, oder es gab einen Zusammenhang, und Goppel hatte Yvette ermordet und danach Selbstmord begangen. Aber keine dieser Möglichkeiten leuchtete Wycliffe ein. Die Annahme, daß an einem einzigen Wochenende zwei Bewohner des *Pauls Court* unabhängig voneinander eines gewaltsamen Todes gestorben sein könnten, war ihm zu weit hergeholt. Aber die Alternative war ebensowenig überzeugend. Nicht nur weigerte er sich zu glauben, daß der schmächtige Goppel das Mädchen ohne jedes Zeichen eines Kampfes umgebracht hatte, er verwarf darüber hinaus auch Kerseys Spekulationen über einen möglichen perversen Zug in Goppels Charakter. Als Mörder, dazu noch als Mörder eines Kindes, konnte er ihn sich nicht vorstellen.
Plötzlich kam ihm eine phantastische Idee: Was, wenn auch Goppel ermordet worden war? Ein Mord, der einen Selbstmord vortäuschen sollte? Die Schwierigkeiten, einen Menschen durch Erhängen umzubringen, sind so enorm, daß man die Möglichkeit kaum je in Erwägung zieht.
Er warf einen Blick auf seine Uhr. Zehn nach elf. Der pathologische Befund war nicht vor dem Nachmittag zu erwarten, aber man könnte immerhin bei Franks vorbeifahren und sehen, wie weit er gediehen war.
Franks, in perlgrauem Anzug, gestreiftem Hemd mit fliederfarbener Krawatte und juwelenbesetzten Manschettenknöpfen, saß an seinem riesigen, mit Papieren und Fotos übersäten Schreibtisch. Er nickte zu seiner Sekretärin hinüber. »Sie kennen sich doch? – Noch nicht? – Moira, meine Sekretärin, Chiefsuperintendent Wycliffe, mein Gewissen. Ohne seinen

stummen Tadel wäre ich noch verderbter als ich bin. Ich diktiere gerade meinen Bericht über Ihren Goppel, Charles. Bleib hier, Moira, außer wenn du uns einen Kaffee machen willst.«
Die junge Frau ging lächelnd hinaus.
»Er ist durch den Strang gestorben, nicht wahr?«
»Allerdings. Keine Schuß-, Stich- oder Schlagwunden.«
»Sie haben also nichts Ungewöhnliches entdeckt?«
Franks schob Wycliffe ein Farbfoto hin, eine vergrößerte Aufnahme der Beine des Toten von unterhalb der Knie bis zu den Füßen. »Sehen Sie sich die Partie über den Knöcheln einmal an.«
»Tja«, machte Wycliffe. »Bläuliche Verfärbung und die bei herabhängenden Gliedern üblichen subkutanen Blutungen – nichts Besonderes.« Er hielt das Foto unter die Lampe und studierte es eingehender. »Ein von der übrigen Färbung leicht abweichender Streifen um beide Beine.«
»Genau! Womit wir bei den ungewöhnlichen Merkmalen wären. Was sie allerdings zu bedeuten haben, ist mir unklar.«
»Eine Fessel?«
»Möglich, aber die Streifen sind zu unbestimmt, um präzise Schlüsse zu ziehen.«
»Wie ist es mit den Armen?«
Franks schob die Unterlippe vor. »Oberhalb der Ellbogen stimmt auch etwas nicht, aber dort ist die Verfärbung noch undeutlicher. Aber sehen Sie sich dies mal an.« Er reichte Wycliffe ein Schwarzweißfoto. »Ich habe zugegebenermaßen etwas nachgeholfen und die Kontraste stark herausgearbeitet, aber verfälscht habe ich nichts.« Es war eine Frontalaufnahme von Goppels Gesicht mit allen üblichen durch den Tod bewirkten Entstellungen, aber sie zeigte noch etwas anderes, ein scharf abgegrenztes Feld auffallender Blässe, das sich von den Nasenflügeln bis zum Kinn und über beide Wangen erstreckte.
»Ein Knebel?«
Der Pathologe lachte. »Ganz meine Meinung. Aber ohne weitere Beweise würde ich nie wagen, so etwas vor Gericht zu behaupten.«

Wycliffe nahm den Blick nicht von der Aufnahme. »Sicher, aber wir müssen die Möglichkeit im Auge behalten, daß Goppel gebunden und geknebelt war, bevor er die Schlinge um den Hals bekam.«
»Würde das Ihre Theorien über den Haufen werfen?«
»Im Gegenteil.«
Moira kam mit einem Tablett herein. »Mit oder ohne Sahne?«
»Unser Freund Wycliffe hält auf Selbstkasteiung«, antwortete Franks. »Behauptet, er mag schwarzen Kaffee.«
Wycliffe schlürfte seinen Kaffee und versuchte, das eben Gehörte zu verarbeiten. »Noch eine Frage: Wie war Goppels Gesundheitszustand?«
»Kommt darauf an, was Sie damit meinen. Er wäre wahrscheinlich steinalt geworden, aber an seinem Todestag hat er sich miserabel gefühlt, würde ich annehmen.«
»Wieso?«
»Wegen einer akuten Entzündung der oberen Atemwege und einer gelinden, bestimmt fiebrigen Lungenstauung. Höchstwahrscheinlich hatte er die augenblicklich grassierende Grippe.«
Goppel war also ermordet worden, wobei seine Grippe dem Angreifer in die Hände gespielt und ihm die Aufgabe erleichtert hatte. Grippe . . . Yvette hatte in der Apotheke ein Grippemittel besorgt. Falls sie Goppel die Medizin auf ihrem Heimweg gebracht hatte . . .
Aber wie ließ sich der Mord beweisen? Die Aufnahmen des Pathologen allein würden weder den Richter noch die Geschworenen überzeugen. Seine einzige Chance lag bei der Laboranalyse. Falls man Goppel mit einem gewöhnlichen Strick oder einer Schnur gefesselt hatte, dann waren möglicherweise Fasern davon an seiner Kleidung hängengeblieben, aber wenn der Mörder Leder oder Kunststoff verwendet hatte, war die Sache aussichtslos.
Ins Behelfsrevier zurückgekehrt, rief Wycliffe als erstes Clive Horton an, einen wissenschaftlichen Assistenten des Spurensicherungslabors. Horton war tüchtig und umsichtig und so selbstsicher, daß er sich vor Gericht auch durch das schärfste Kreuzverhör nicht ins Bockshorn jagen ließ. Wenn man ihn

unter Druck setzte, wiederholte er seine Aussagen höflich aber beharrlich, bis die Frager ermüdeten.
»Ach ja, Mr. Wycliffe, ich habe mir die Kleidung des Mannes angesehen. Feines Sägemehl, Tierfutter, Tierhaare – leider nichts Brauchbares.«
»Würden Sie Ihre Untersuchung wiederholen, diesmal aber von der Möglichkeit ausgehen, daß er an Armen und Beinen gefesselt gewesen sein könnte?«
»Selbstverständlich.« Horton verschwendete keine Zeit mit Fragen, die nicht in sein Gebiet gehörten. »Ob ich allerdings etwas finde, hängt von der Art der Fesseln ab. Ich habe die Kleidungsstücke bis jetzt nur einzeln über Plastikbeuteln ausgeschüttelt und die Teilchen unter die Lupe genommen, aber ich werde mir die einschlägigen Partien noch einmal separat ansehen.«
»Würden Sie, falls er gefesselt war, irgendwelche Knitterstellen erwarten?«
»Kaum. Seine Kleidung besteht aus Stoffen mit einem hohen Kunstfaseranteil, ist also weitgehend knitterfrei. Ich gebe Ihnen das Ergebnis heute nachmittag durch.«

Als es klingelte, stand Mrs. Hedley zur Abwechslung einmal ohne Musikkulisse in der Küche und erledigte den Mittagsaufwasch. Sie ging und öffnete.
»Toby! Was für eine Freude!« Sie strahlte und küßte ihren Neffen auf die Stirn. »Aber du bist ja vollkommen durchnäßt! Komm, leg ab!« Sie streckte den Arm nach seinem Mantel aus. »Warum schaffst du dir keinen Wagen an?«
Toby Lennon ließ sich auf das große Jugendstilsofa fallen. »Eine Antwort darauf erübrigt sich wohl, Tante Emmie. Ich habe Freddie gerade zu Crowther begleitet. Er will fragen, was sein Vater ihm vermacht hat.«
»Wie hat er die Nachricht aufgenommen?« fragte Mr. Hedley.
»Er ist so fertig, daß er bis jetzt anscheinend noch nicht mitbekommen hat, was die Leute reden.«
»Daß sein Vater Yvette ermordet hat, meinst du?« fragte seine Tante.
»Ja. Ob die Polizei das wohl auch glaubt?«

»Was denn sonst? Schließlich war Yvette bei ihm Kind im Hause, und dann findet man sie plötzlich erwürgt ganz in der Nähe, und ihn erhängt in seinem Haus.«
Hedley seufzte. »Daß er das getan haben soll, will mir nicht in den Kopf. – Freddie ist nun wohl ein reicher Mann?«
»Das ist noch nicht raus. Du kennst dich doch mit den Gesetzen aus, Onkel. Könnte Freddie das Testament anfechten, falls er nichts kriegt?«
Hedley lachte auf. »Völlig aussichtslos! Freddie ist längst mündig, offiziell also nicht mehr von seinem Vater abhängig, und selbst wenn Goppel alles einem Pflegeheim für herrenlose Katzen hinterlassen haben sollte, würde ein Protest nichts nützen.«
Eine Weile schwiegen sie. Hedleys Auskunft hatte der Unterhaltung einen Dämpfer aufgesetzt.
»Verzeih, Toby«, bemerkte Mrs. Hedley schließlich. »Um drei möchte ich mir die Bartók-Sendung im Rundfunk anhören, aber bleib doch, bis . . .«

Horton hielt sein Versprechen und rief Wycliffe um kurz nach drei an. »Diesmal habe ich mit einem Saugapparat abschnittweise Proben der Hosenbeine und der Jackettärmel abgenommen«, berichtete er. »Neben den bereits vorher vorhandenen Partikeln bin ich dabei auf etwas Neues gestoßen, und zwar in den unmittelbar über den Knöcheln und den Knien liegenden Teilen der Hose, und im Jackett direkt über den Ellbogen.«
Horton trug seinen Befund mit der gleichen sachlich trockenen Stimme vor, mit der er im Zeugenstand auszusagen pflegte. »Es handelt sich um Fasern in sehr geringer Menge. Wahrscheinlich habe ich sie deshalb bei meiner ersten Analyse übersehen.«
»Welcher Art sind diese Fasern? Ich meine, wissen Sie, woher sie kommen könnten?«
»Ja. Ich hatte vor zwei Jahren zufällig schon einmal ähnliche Partikel im Labor. Es sind grünlich-braun gefärbte Baumwollfasern, und ich bin ziemlich sicher, daß sie von dem gewebten Gurtband stammen, das bis vor kurzem zur Armeeausrüstung gehörte und zu Koppeln, Tornisterriemen und Schlaufen für

Feldflaschen und Provianttaschen verarbeitet wurde. Das Zeug ist in jedem Armeewarenladen erhältlich. Ich habe die Stellen der Kleidung, an denen ich die Fasern gefunden habe, genau markiert.«

Wycliffe dankte und legte auf, aber seine Genugtuung war von kurzer Dauer. Zwar hatte Hortons Befund seinen Verdacht bestätigt und mit überzeugenden Beweisen belegt, aber statt einem hatte er nun zwei Mordfälle am Hals und war von der Lösung des einen wie des anderen so weit entfernt wie vorher.

Auf dem Nachhauseweg verfiel er in angestrengtes Grübeln. Bisher hatte er sich gefragt, wer Yvette ermordet haben könnte und warum, hatte nach Gründen für Goppels Selbstmord gesucht und bizarre Theorien aufgestellt. All das war nun überholt. Er mußte von einer anderen Frage ausgehen: Wem war Goppel dermaßen im Wege gewesen, daß er ihn beseitigt hatte? Ein kleiner Fortschritt.

Yvette hatte Henry Ward auf der Parkbank sitzen lassen, war vermutlich kurz nach elf in der Falcon Street angekommen und hatte Goppels Hintertür sehr wahrscheinlich unverschlossen vorgefunden. Es fiel Wycliffe nicht schwer, sich vorzustellen, wie Yvette die dunkle Werkstatt durchquert haben mußte. Vielleicht hatte sie ein Geräusch gehört und gerufen: »Ich bin's nur – Yvette!« Und dann hatte sie aufgeblickt und Goppel im Schein der Flurlampe im Treppenschacht hängen sehen. Aber es war noch jemand dagewesen, der Mörder. Als sie einander begegneten, Mörder und Opfer gleichermaßen entgeistert, hatte es kein Zurück mehr für sie gegeben.

»Morde lassen sich in der Praxis in drei Hauptkategorien unterteilen: In den Mord innerhalb der Hausgemeinschaft oder der Familie, in den Mord als Begleiterscheinung von Einbrüchen und Raubüberfällen und in den Mord durch den psychopathischen Verbrecher.« Wycliffe sah den Dozenten, der diese Weisheit von sich gegeben hatte, noch vor sich, doch im ganzen hatte er recht gehabt.

Goppels Tod war weder das Werk eines geistesgestörten Berserkers noch eines Einbrechers gewesen, demnach blieb nur die häusliche Gewalttat übrig, der Mord innerhalb der Familie. Aber Wycliffe hatte selten einen unwahrscheinlicheren Anwärter auf den Titel des Doppelmörders gesehen als Freddie, Willy Goppels anscheinend einzigen Verwandten. Jedoch durfte man Lennon nicht vergessen, Freddies affenähnlichen Freund. Das Verhältnis der beiden schien festgefügt wie eine harmonische Ehe, also konnte Pongo nach heutigen aufgeklärten Begriffen vielleicht auch als Familienmitglied gelten.

Und der Grund? – Bei häuslichen Morden ist das Motiv gewöhnlich irrational – ein Wutausbruch, ein lange gehegter Haß, der sich endlich entlädt – aber hin und wieder gibt Gewinnsucht den Anstoß, und Goppel war ein wohlhabender Mann gewesen.

7

Am Dienstag abend gab Wycliffe eine Erklärung an die Presse ab, und am nächsten Morgen erschien sie in *The News*, dem Lokalblatt, auf der ersten Seite.

Zweiter Mord im *Pauls Court*.

Der Erhängte im Puppenhausgeschäft Opfer eines Mörders.

Aufgrund neuen Beweismaterials nimmt die Polizei nun als beinahe sicher an, daß Willy Goppel, der Besitzer des Puppenhausgeschäftes in der Falcon Street, durch Erhängen ermordet worden ist. Chiefsuperintendent Wycliffe gab gestern abend bekannt, Goppel sei laut jüngsten Befunden des Spurensicherungslabors geknebelt und gefesselt gewesen, bevor ihm die Schlinge um den Hals gelegt wurde. Goppels schmächtiger Körperbau und die Tatsache, daß er an Grippe erkrankt war, hätten dem Mörder bei der Verwirklichung seines Plans in die Hände gespielt, führte der Chiefsuperintendent aus. Nach Eintritt des Todes habe der Täter Knebel und Fesseln entfernt um einen Selbstmord vorzutäuschen.

Bei seinem Telefongespräch mit unserem Reporter erwähnte Chiefsuperintendent Wycliffe ein weiteres, möglicherweise für beide Mordfälle bedeutsames Indiz, eine Medizinflasche

mit einer Grippemixtur, die in Yvette Coles Handtasche gefunden wurde. Da das Mädchen eine häufige Besucherin der Puppenhauswerkstatt war – sie half Goppel regelmäßig bei der Betreuung seiner Kleintiere – drängt sich der Schluß auf, daß sie ihm das Medikament bringen wollte und diese Geste nachbarlicher Hilfsbereitschaft mit dem Leben bezahlte. Chiefsuperintendent Wycliffe war jedoch beim derzeitigen Stand der Fahndung noch nicht bereit, zu der Frage unseres Reporters Stellung zu nehmen, ob beide Verbrechen vom selben Täter verübt worden seien.
Unter dem Foto eines Militärkoppels, das den Artikel begleitete, stand: Ein zur Felduniform der Landstreitkräfte gehörender Webgurt. Die Polizei nimmt an, daß Goppel mit Gurtbändern dieser Art gefesselt wurde.

»Aus der Tatsache, daß Goppel ermordet worden ist, ergeben sich neue Richtlinien für unsere Fahndung. Wir müssen umdenken, meine Herren.«
Wycliffe ließ die Zeitung sinken und wandte sich Kersey und Scales zu, die sich zu einer Lagebesprechung im Behelfsrevier eingefunden hatten. Während der Nacht hatte es geregnet, aber nun brach die Morgensonne durch die Wolken, und von den durchweichten Friedhofswegen stieg feiner Dampf auf.
»Wenn wir Yvettes Tod als Begleitumstand von Goppels Ermordung werten – das ist vorläufig die logische Schlußfolgerung –, dann werden wir uns eingehend mit Goppels Bekanntenkreis beschäftigen müssen.«
Er beorderte Kersey nach Bickersleigh, um den Gastwirt, bei dem Goppel gelegentlich die Wochenenden verbracht hatte, zu interviewen, während Scales Goppels Papiere studieren und sich mit Crowther, seinem Rechtsanwalt, unterhalten sollte. Wycliffe selbst würde Fiske, Goppels Steuerberater, aufsuchen. »Anschließend hole ich Natalie Cole über einige ihrer Stammkunden aus, die uns interessieren dürften.«
Wycliffe und Scales waren bereits gegangen, und Kersey griff nach seiner Aktentasche, als Fowler, der Constable vom Dienst, den kleinen Büroraum betrat. Er grinste breit. »Sie kriegen Besuch, Sergeant. Ein Mr. Alexander Chatham will

Sie sprechen.«
Kersey blieb begriffsstutzig stehen, dann ging ihm der Grund für Fowlers gute Laune auf. »Der Professor? Was hat der denn hier verloren?«
»Er behauptet, er hätte Informationen für Sie. Über den Tod seines Freundes Willy Goppel.«
»Tatsächlich? Bringen Sie ihn rein!«
Der Professor erschien in schwarzem Regenmantel mit einem Schirm über dem Arm und dem Homburg in der Hand. Sein Verhältnis zur Polizei, besonders zu Kersey, war zwiespältig. Der Sergeant war mehrmals nahe daran gewesen, ihn wegen Hehlerei zu belangen, aber bisher hatte der alte Schlaufuchs es jedesmal geschafft, sich ungeschoren aus der Affäre zu ziehen. Nicht, daß er Kersey seinen Diensteifer zu verübeln schien, eher im Gegenteil. Er versorgte ihn immer wieder mit brauchbaren Informationen.
Der Professor ließ sich auf der Wandbank nieder, fischte ein in Seidenpapier gewickeltes Päckchen aus der Tasche und legte den Inhalt, eine Reihe auf eine Schnur gezogene Orden, vor Kersey auf den Tisch.
»Deutsche Militärorden aus dem Zweiten Weltkrieg, Mr. Kersey. Sie gehörten meinem Freund, Mr. Goppel.«
»Und wie sind Sie dazu gekommen?«
»Durch Zufall. Ich kaufte sie auf ganz normale Weise an, und Mr. Goppel erkannte sie in meiner Auslage auf dem Markt in der Falcon Street wieder und erzählte mir, man habe sie ihm nebst ein paar anderen Dingen aus der Werkstatt gestohlen. Natürlich drängte ich ihn, sie zurückzunehmen, aber davon wollte er nichts wissen. Er sagte, es käme ihm nur auf die Papiere an, die zusammen mit den Orden verschwunden seien und bat mich, sie für ihn ausfindig zu machen.«
»Und Sie fragten den Ganoven, der Ihnen eine fette Provision versprochen hatte, wo der Rest seiner Beute sei.«
Der Professor ließ sich nicht aus der Ruhe bringen. »Ich kannte den Burschen nicht. Er kam mit den Orden in mein Geschäft, behauptete, er hätte sie seit ein paar Jahren, fragte, was sie wert seien und war mit den zwanzig Pfund zufrieden, die ich ihm dafür anbot.«

»Sie konnten Goppel also nicht weiterhelfen?«
»Immer sachte, Mr. Kersey! Bei fast jeder Transaktion gibt es Mitwisser – aber wem sage ich das? Ich verbreitete also, die Orden seien gestohlen worden und hörte auf Umwegen, daß sie den Besitzer schon einmal gewechselt hätten, und zwar in einem Pub, *The Fair Maid* in der Tolgate Street. Vielleicht kennen Sie es?«
»Allerdings. Die übelste Spelunke der Stadt.«
»So? Ich trinke mein Bier woanders. Jedenfalls hatte man den Verkäufer dort schon ein paarmal gesehen.«
»Hat er einen Namen?«
Der Professor zögerte einen Moment. »Lennon – Pongo Lennon.«
»Lennon!«
»Ein Bekannter von Ihnen? – Dann wissen Sie wohl auch, daß er mit Willy Goppels Sohn Freddie in einer Wohnung lebt und werden verstehen, warum ich die Sache nicht weiter verfolgt habe.«
Kersey schlug mit seinem Kugelschreiber einen Takt auf die Tischplatte. »Danke, Mr. Chatham. Sie haben uns einen großen Dienst erwiesen. Wenn Sie Constable Fowler Ihre Aussagen nun noch zu Protokoll geben würden . . .«
»Der Rest interessiert Sie also nicht?«
»Haben Sie denn noch mehr auf Lager?«
»Ja. Eine Kleinigkeit. Am folgenden Sonnabend – letzten Sonnabend – erschien Mr. Goppel nicht wie gewöhnlich auf dem Markt, und ich konnte mich erst am Abend freimachen und ihn besuchen.«
Kersey beugte sich vor. »Was? Sie waren am Sonnabend bei ihm?«
»Ganz recht.«
»Um welche Zeit?«
»Ich kam gegen acht an und ging kurz nach neun.«
»Ist Ihnen klar, daß Sie wahrscheinlich der letzte Mensch waren, der ihn lebend angetroffen hat?«
»Kann sein. Außer dem Mörder natürlich.«
»Und das erzählen Sie uns erst jetzt?« Kersey funkelte ihn drohend an.

»Bisher hieß es, mein Freund habe sich das Leben genommen, und in dem Fall hätte ich Ihnen nichts zu sagen gehabt«, entgegnete der Professor gelassen. »Aber wenn er ermordet worden ist, kann ich natürlich nicht schweigen.«
»Wie war das also am Sonnabend abend?«
»Er war krank, hatte Fieber. Wir tranken ein Glas Whisky zusammen, und ich berichtete ihm über meine Nachforschungen, aber er war nicht bei der Sache. Ich bot ihm an, einen Arzt für ihn anzurufen, die Tiere zu füttern, ihm etwas zu essen zu besorgen, aber er sagte, das sei alles geregelt. Das Nachbarsmädchen habe die Tiere versorgt und versprochen, für ihn in die Apotheke zu gehen.«
»Er erwartete sie also noch am selben Abend mit der Medizin?«
»Ja. Er bat mich, beim Hinausgehen die Hintertür zu benutzen, er habe sie für seine kleine Hilfe offengelassen.«
Kersey blickte den Professor eine Weile schweigend an. Endlich stand er auf. »Sie setzen sich jetzt zu Constable Fowler und geben ihm das alles schriftlich.«

Freddie Goppel durchquerte das feuchtkalte Wohnzimmer in Filzpantoffeln und Schlafrock, schlurfte auf den Flur hinaus und holte die Milch, die Zeitung und einen Brief herein. Er fuhr sich mit den Fingern durch die blonden Locken und öffnete den an ihn adressierten Umschlag. Es war ein Schreiben von Crowther, dem Rechtsanwalt seines Vaters.
Sehr geehrter Mr. Goppel,
es tut mir außerordentlich leid, daß ich zur Zeit Ihres Besuches bei mir unabkömmlich war und Sie nicht persönlich empfangen konnte. Wie mein Praktikant Ihnen darlegte, bin ich jedoch nicht befugt, mich meiner Pflicht als Testamentsvollstrecker vor Erhalt einer Sterbeurkunde oder einer entsprechenden Bescheinigung vom Coroner zu entledigen. Sie erwähnten meinem Praktikanten gegenüber, die Polizei sei davon überzeugt, daß Ihr Herr Vater freiwillig aus dem Leben geschieden ist, also sollte sich die Testamentseröffnung nicht mehr lange verzögern.
Erlauben Sie mir, Ihnen mein aufrichtiges Beileid auszuspre-

chen. Die traurige Nachricht vom Tode Ihres Herrn Vaters hat auch mich tief getroffen. Er war mein langjähriger, hochgeschätzter Klient, und es war mir eine Freude, ihn stets persönlich zu beraten.

Ihr sehr ergebener
Arthur Crowther

Freddie ließ den Bogen auf den Tisch fallen und wandte sich der Zeitung zu. Die Schlagzeile, die ihm entgegensprang, schien Crowthers Brief verhöhnen zu wollen: Der Erhängte im Puppenhausgeschäft – Opfer eines Mörders.

Die volle Bedeutung dieser Mitteilung ging ihm nicht sofort auf, aber als er sie erfaßte, bekam er einen Schwächeanfall und mußte sich am Tisch festhalten. Schließlich zwang er sich, den Artikel langsam, Zeile für Zeile durchzulesen, dann wankte er zu einem Stuhl und brach schluchzend zusammen.

»Was ist los, Freddie?« Lennon, in einem grell geblümten Morgenrock, öffnete die Schlafzimmertür, trat an Freddies Stuhl und begann seinem Freund sanft den Kopf zu tätscheln.

»Was hast du, Junge?« Plötzlich hielt er in seiner Bewegung inne. Er hatte die Schlagzeile gelesen und stand ein paar Sekunden wie benommen. »Was ändert das denn?« fragte er schließlich. »Dein Alter wird so und so nicht wieder lebendig.«

Freddie schauerte. »Aber es ist so entsetzlich! Ihn wie ein Scharfrichter aufzuhängen!« Er schneuzte sich in ein schmuddeliges Taschentuch und hob den Kopf. »Pongo?«

»Was denn, Kleiner?«

Freddie zögerte einen Augenblick, dann preßte er heraus: »Warst du es, Pongo?«

Lennon erstarrte. »Bist du noch zu retten? Wie käme ich dazu, deinen Alten kaltzumachen?«

Freddie stotterte: »Du . . . du hättest ja denken können . . .«

»Was hätte ich denken können?«

»Na ja, ich krieg jetzt sicher sein Geld, und . . .«

»Ach so, der junge Erbprinz! Da hört doch verschiedenes auf! Du heiliger Strohsack! Wenn du so was denkst, dann darfst du verduften, und zwar sofort!«

Freddie weinte reuig. »Verzeih, Pongo! Ich bin so fertig, ich weiß schon gar nicht mehr, was ich sage . . . Sei mir nicht böse, ich hab's wirklich nicht so gemeint.«
»Das will ich hoffen, verdammt nochmal!«

Martin Fiskes Büro lag im dritten Stock eines großen Versicherungsgebäudes in der King Street. »Ich bin heute sehr im Druck«, hatte er am Telefon gesagt. »Allenfalls könnte ich um elf Uhr fünfundvierzig eine Viertelstunde für Sie erübrigen«, aber Fiskes Schreibtisch war leer, als Wycliffe eintrat. Fiske erhob sich von seinem gepolsterten Drehstuhl und streckte ihm die Hand entgegen. »Ich habe schon viel von Ihnen gehört, Superintendent«, sagte er mit einem Anflug von Herablassung.
Wycliffe verschwendete keine Zeit mit einleitenden Höflichkeitsfloskeln. »Daß Goppel ermordet worden ist, wissen Sie inzwischen. Sie werden also verstehen, daß wir uns für seine geschäftlichen Angelegenheiten interessieren. Würden Sie mir zunächst in groben Zügen Goppels Vermögensverhältnisse und Ihre Tätigkeit für ihn erklären? Sollte eine detailliertere Untersuchung nötig werden, dann setzt Inspektor Scales sich mit Ihnen in Verbindung.«
Wycliffes unverblümte Art schien Fiske zu verwirren. Er breitete die gepflegten Hände in einer vagen Geste aus. »Tja, Mr. Wycliffe, ich weiß nicht recht, womit ich anfangen soll. Wir beraten eine ganze Reihe Geschäftsleute in dieser Stadt – Unternehmer wie Willy Goppel mit Kapital und Geschäftssinn, aber ohne kaufmännische Vorbildung. Wir sind in erster Linie Wirtschaftsprüfer, aber für Klienten ohne betriebseigene ausgebildete Bürokräfte übernehmen wir darüber hinaus die gesamte routinemäßige Verwaltungsarbeit.«
Er brach ab und schnippte sich eine unsichtbare Fussel vom Ärmel. »Willy Goppel war ein kluger Geschäftsmann. Vielleicht wissen Sie, daß seine Frau ihm ein paar Häuser im Zentrum und zwei oder drei Läden in der Alton Street hinterließ – alles ziemlich heruntergekommen – aber Goppel baute den Besitz über die Jahre durch günstige An- und Verkäufe zu einem kleinen Geschäftsimperium aus. Bei den

heutigen Preisen beläuft sich der Wert des ganzen auf etwa *eine halbe Million*!«
Die Höhe der Summe nötigte Fiske eine pietätvolle Pause ab. »Und all das ohne eigene Angestellte! Ob Freddie es allerdings schaffen wird, das Vermögen zusammenzuhalten, steht auf einem anderen Blatt. Goppel hatte einen phänomenalen Sinn fürs Detail, dabei schrieb er sich kaum je etwas auf. Fiona, meine Sekretärin, nannte ihn ›Das Gedächtnis‹.«
Die Fenster des Büros reichten beinah bis auf den Fußboden, so daß Wycliffe die Passanten auf dem gegenüberliegenden Bürgersteig von seinem Stuhl aus sehen konnte.
»Sie haben Yvette am Sonnabend nachmittag wohl von hier aus bemerkt?«
Fiske stutzte über Wycliffes abrupten Themawechsel. »Ja, sie kam hier vorüber. Daß das arme kleine Ding so kurz danach . . . Ein entsetzlicher Gedanke!«
»Gehen Sie heute nachmittag zur Beerdigung?«
»Ja. Das ist man ihr als Nachbar schuldig. Darum bin ich heute so unter Zeitdruck.«
»Ahnen Sie, wer einen Groll auf Goppel gehabt haben könnte?«
Fiske zog die Brauen zusammen und studierte seine Fingernägel. »Da kann ich Ihnen beim besten Willen nicht weiterhelfen, Mr. Wycliffe. In Geschäftsangelegenheiten war er ein absoluter Ehrenmann, und auch sonst hatte er, soweit ich weiß, keine Feinde. Es ist mir völlig unbegreiflich, daß er ermordet worden ist.«
»Das scheint auch seinen übrigen Bekannten ein Rätsel zu sein. – Hat Sergeant Kersey Sie übrigens schon gefragt, ob Sie am Sonnabend abend noch aus waren? Vielleicht haben Sie auf dem Heimweg jemanden in der Nähe des Court gesehen, der Ihnen zu dem Zeitpunkt nicht weiter aufgefallen ist, aber . . .«
»Nein, Superintendent. Am Sonnabend war ich früh zu Hause.« Fiske grinste. »Und ich laufe nicht alle fünf Minuten auf die Veranda wie unser Nachbar.«
Wycliffe bedankte sich, und Fiske begleitete ihn durch das Vorzimmer hinaus. Sein Gesichtsausdruck war leicht verächt-

lich. Wahrscheinlich würde er sich in seinem Freundeskreis im Golfklub, oder wo sonst er seine Freizeit verbrachte, lang und breit über dieses Interview auslassen. »Die reine Zeitverschwendung! Und so was nennt sich Mordfahndung.«
Aber Wycliffe war keineswegs unbefriedigt. An der Theke von *The Sportsman*, einem behaglichen Pub unweit des *Pauls Court*, an der er sich mit Kersey zu einem Drink und einem Imbiß traf, herrschte Hochbetrieb, wie immer über Mittag. Die Beamten trugen ihre Teller und Gläser an einen der gekachelten Tische in einer Ecke, und Kersey berichtete über sein Gespräch mit dem Professor.
»Er war also sehr wahrscheinlich der letzte, der Goppel lebend gesehen hat«, bemerkte Wycliffe.
»Ja, aber das hat nichts zu bedeuten. Ab und zu, wenn ihn der Hafer sticht, läßt er sich auf kleine Hehlereien ein, das ist aber auch alles. Als Mörder kommt er nicht in Frage.« Kersey nahm einen Bissen von seinem Schinkenauflauf. »Das Wichtigste der Geschichte ist wohl die Tatsache, daß Lennon die Orden verkauft hat. Wenn er die Orden hatte, muß er auch die Papiere geklaut haben, und wer die Papiere hatte . . .«
Aber Wycliffe ließ sich auf keine Spekulationen ein. »Abwarten, was Natalie über die Lennon-Goppel-Menage zu sagen hat. In Bickersleigh waren Sie wohl noch nicht, wie?«
»Nein, Sir. Ich will heute nachmittag hin.«
»Schön. Ich gehe zu Yvette Coles Begräbnis. Also, bis heute abend!«

Yvettes Beerdigung war kein armseliges Leichenbegräbnis, wie Wycliffe erwartet hatte, sondern ein großes Ereignis, an dem die ganze Nachbarschaft teilnahm. Er reihte sich befriedigt in die Prozession der Wagen ein, die sich vor dem *Pauls Court* formierte und nahm ausnahmsweise einmal keinen Anstoß an dem Pressewagen, der sich ihm anschloß. Tote sollten in aller Öffentlichkeit betrauert und zu Grabe getragen werden, fand er.
Vom neuen Friedhof auf einem Abhang am westlichen Stadtrand sah man den Hafen. Dahinter breitete sich das Meer aus, ein sonnenbeschienener silberglänzender Schild.

Wycliffe wanderte ein Stück hügelan und überblickte die Trauergemeinde. Natalie in einem dunklen Wollkleid, blaß und zerbrechlich wie eine Meißner Figur vor dem offenen Grab, Geoff Bishop an ihrer Seite wie ein eingeschüchterter Preisbulle in einer Landwirtschaftsschau. Er trug den vermutlich dezentesten Anzug seiner Garderobe, eine schwarzweiß karierte Kombination, aus der er herauszuplatzen drohte. Ab und zu wischte er sich den Schweiß mit einem nicht mehr ganz sauberen Taschentuch von der glänzenden Stirn. Henry Ward hatte den Arm ritterlich um Alison gelegt, die den Sarg wie gebannt anstarrte. Vielleicht hatte sie noch nie an einer Beerdigung teilgenommen, vielleicht auch erschien ihr der Tod plötzlich unbegreiflich – zumindest der Tod eines jungen Menschen.

Die Hedleys hielten sich im Hintergrund. Sie wirkten grau und gespenstisch wie zwei nach langen Jahren ins Sonnenlicht entlassene Kerkerhäftlinge. Martin Fiskes Gesichtsausdruck schien anzudeuten, daß er diese Show ganz anders organisiert hätte. Seine Frau neben ihm blickte sich nervös um, als fürchtete sie einen Überfall aus dem Hinterhalt. Wer wohl auf Marty achtgab?

Pongo und Freddie standen in schöner Eintracht beieinander. Auch der Professor war da, der einzige Trauernde, der ganz in Schwarz erschienen war.

Nach der Beisetzung – der Pfarrer war zu Natalie getreten – drängte Fiske sich an Wycliffe heran. »Schön, daß Sie auch da sind, Superintendent! Würden Sie meine Frau mitnehmen – das heißt, falls Sie zu Ihrem Posten auf dem Friedhof von *St. Olaves* zurückfahren. Ich habe heute schon so viel Zeit verloren, da dachte ich . . .«

»Gern, Mr. Fiske.«

»Sehr freundlich von Ihnen.«

Joan Fiske stand wie ein abholbereites Paket passiv und ergeben hinter ihm und ließ sich von Wycliffe zu seinem Wagen führen. Er versuchte, Konversation zu machen, aber es dauerte eine Weile, bis sie ihre Scheu überwand und begann, frei über die Nachbarn im Court und in der Falcon Street zu erzählen.

»Sie wohnten wohl schon im Court, bevor Freddie Goppel und der Neffe der Hedleys auszogen?«
»Ja. Wir und die Hedleys waren vor zehn Jahren die ersten, als die Häuser fertiggestellt waren. Marty braucht ja ... der Court ist genau das Richtige für uns. Geschützt und doch nicht zu weit vom Zentrum.«
»Ja, das verstehe ich ... Lennon war verwaist, als seine Tante ihn aufnahm, nicht wahr?«
»Ja. Seine Eltern kamen bei einem Flugzeugunglück ums Leben, als er zehn war. Sie müssen reich gewesen sein. Jedenfalls war genug Geld da, Toby in eine Privatschule zu schicken, und als er volljährig wurde, bekam er den Rest ausbezahlt. Ein paar tausend Pfund waren es, aber die hat er gleich im ersten Jahr verjubelt.« Mrs. Fiske genoß diese Unterhaltung mit dem höflichen Polizeibeamten, der so aufmerksam zuhörte und interessierte Fragen stellte.
»Aber eine feste Stellung hat er noch nicht, habe ich gehört.«
»Du lieber Himmel, nein! Mit der Arbeit hat Toby noch nie was im Sinn gehabt. Er hat zwischendurch mal ein paar Jahre was verdient, als Freistilringer, aber das kann ja kein Mensch Arbeit nennen.«
»Als Ringkämpfer?«
Ein ungewohntes Lächeln hellte ihr Gesicht auf. »Ja, tatsächlich. Er war manchmal sogar im Fernsehen. Als er damit anfing, legte er sich seinen Namen zu – Pongo, der Affenmensch. Kam wie Tarzan ausstaffiert in den Ring.«
»Warum ist er nicht dabeigeblieben? Hat er es satt bekommen?«
»Nein, ich glaube, er hat mal jemanden schwer verletzt und durfte nicht mehr. Jedenfalls hat er seitdem keinen Handschlag mehr gemacht.«
»Und die Hedleys hatten genug von ihm, wie?«
»Oh nein!« protestierte sie lebhaft. »Sie jedenfalls nicht. Der Junge war ihr ein und alles – ist es jetzt noch. Ich glaube, dieser Faulpelz liegt ihr noch immer auf der Tasche. Dabei haben sie es selber bestimmt nicht zu reichlich.« Sie senkte die Stimme. »Toby hat sich die Wohnung gesucht, weil er *anders* ist« – sie umging das Wort »homosexuell«. »Zu Hause bei den Hedleys

konnte er ja nicht, wie er wollte, und es dauerte gar nicht lange, da zog Freddie Goppel mit ihm zusammen.«
Sie brach ab, als Wycliffe in den *Pauls Court* einbog. »Oh, Sie fahren mich ganz bis nach Hause! Das ist aber nett von Ihnen, vielen Dank! – Was sagte ich doch gleich? – Ach ja, Freddie. Von dem hab' ich noch nie viel gehalten, aber Toby hat ihn erst richtig verdorben, und Mr. Goppel war ganz verzweifelt darüber.«
Wycliffe stieg aus und öffnete ihr den Wagenschlag, aber sie blieb unsicher neben ihm stehen, als fiele ihr die Trennung von ihrem Gesprächspartner schwer. Sie tat ihm leid, eine innerlich vereinsamte, vom Schicksal mit einem kranken Kind geschlagene Frau, und er suchte nach einem freundlichen Abschiedswort, als sie sich mit einer abrupten Bemerkung abwandte. »Wir haben einen Mörder hier im Court, Mr. Wycliffe. Das wissen Sie doch, oder?«
Wycliffe schüttelte den Kopf. »Nein, Mrs. Fiske, das ist mir nicht bekannt.«
Sie wollte etwas hinzufügen, aber in diesem Augenblick bog ein zweiter Wagen in den Court ein, Bishops Cortina. Bishop setzte Natalie vor ihrer Haustür ab, wartete, bis sie im Haus verschwunden war und brauste durch die Einfahrt auf die Falcon Street zurück.
»Aber Mr. Kersey hat Ihnen doch bestimmt erzählt, daß Marty Yvettes Uhr direkt vor ihrer Verandatreppe gefunden hat«, sagte Mrs. Fiske, wartete Wycliffes Kommentar jedoch nicht ab. »Ich muß rein. Eine Bekannte hütet Marty für mich und will sicher nach Hause.«
Wycliffe ließ sie gehen, wartete ein paar Minuten in seinem Wagen und schritt dann nachdenklich auf Natalies Haus zu.
»Aha, Sie sind es. Ich dachte schon, Sie würden hereinschauen.« Natalies Atem roch nach Whisky.
»Entschuldigen Sie! Ich weiß, ich sollte Sie jetzt nicht belästigen . . .«
»Nein, aber ich bin ja nicht wie andere Mütter, wie? Kommen Sie schon rein!«
Auf dem Getränketisch im Wohnzimmer stand ein benutztes Glas.

»Möchten Sie einen?«
»Nein, danke.«
»Also, womit kann ich dienen?«
»Ich brauche Auskunft über einige Ihrer Klubmitglieder, deshalb wende ich mich an Sie. Sie kennen sie wahrscheinlich besser als jeder andere.«
»Da könnten Sie recht haben. Nehmen Sie doch Platz!« Sie ließ sich auf der Armlehne eines Sessels nieder. »An wen speziell hatten Sie gedacht?«
»An Freddie Goppel beispielweise.«
»Die lahme Ente? Ohne Batman hätte der noch nicht mal genug Mumm in den Knochen, selbständig zu atmen.«
»Mit Batman meinen Sie wohl Lennon?«
»Ja. Seinen großen, bösen Freund.«
»Ist er so schlimm?«
»Na ja, so genau weiß ich es nicht, aber ich würde ihn nicht aufstacheln. Wenn's darauf ankommt, könnte der ziemlich fies werden. Wenn er ein paar gehoben hat, spielt er den starken Mann.«
»Und Fiske?«
»Sie rücken mir ja ganz schön auf die Pelle.« Sie nahm sich eine Zigarette aus der Schachtel auf dem Tisch und zündete sie an. »Also, wenn Sie meine Meinung hören wollen: Fiske ist ein Halbstarker mit 'ner dreckigen Phantasie. Dem würde ich keine Träne nachweinen, wenn er sich im Klub nicht mehr blicken ließe.« Sie blies einen perfekten Rauchring. »Daß seine Freundin es mit diesem Schwein aushält! Wenn Sie mich fragen: Die muß sich die Wohnung in Parkeston und jeden Penny, den sie ihm abknöpft, sauer verdienen.«
»Ich will einen Mörder finden, Mrs. Cole, sonst würde ich Sie nicht ausfragen.«
»Ja, und?«
»Deshalb muß ich Ihnen noch dichter auf die Pelle rücken: Wie ist es mit Bishop?«
Sie zögerte, und Wycliffe bereitete sich auf eine empörte Zurückweisung vor, aber sie blieb ruhig und sachlich. »Glauben Sie, ich würde Geoff schützen, wenn ich ihn in Verdacht hätte? Er geht oft hoch, und wenn er in Fahrt ist, würde ich ihm

alles zutrauen. Aber einen vorsätzlichen Mord? Nein, das brächte Geoff nicht fertig.«

Wycliffe zog seine Pfeife aus der Tasche. »Darf ich?«

»Bitte.«

»Sie sind mich gleich los. Nur noch ein paar Fragen. Ist Willy Goppels Name je im Club gefallen? Vor seinem Tode, meine ich.«

Sie nickte. »Ab und zu. Freddie ist oft da, und sie haben ihn immer mit dem Geld seines Vaters aufgezogen.«

»Ist das alles?«

»Nein. Neulich abends – es muß schon zwei Wochen her sein – kam Pongo ausnahmsweise mal ohne Freddie und ließ sich mit Geoff an der Bar vollaufen. Sonst war noch nicht viel Betrieb. Stefan, der Barmixer, fragte Pongo, wo er seinen Freund gelassen hätte. Was Pongo sagte, weiß ich nicht mehr, aber sie fingen an, über Freddies Vater zu reden, daß er deutscher Jude wäre, und Pongo legte über die Konzentrationslager los. Was die Nazis mit den jüdischen Mädchen gemacht hätten, und bloß um das Thema zu wechseln, fragte ich, ob Willy Goppel auch in einem Lager gewesen wäre. Pongo sagte nichts, holte umständlich die Brieftasche heraus und legte ein paar große Bögen auf die Theke. Es waren deutsche Formulare, schon ganz gelb und eingerissen. Er wartete, bis alle hinguckten und sagte: ›Mal herhören, Kinder! Willy Goppel ist ein falscher Fuffziger. Von wegen Jude und Konzentrationslager! Der war im Krieg deutscher Infanteriehauptmann. Hat sich jede Menge Lametta verdient.‹ Und dann las er das Zeug auf deutsch vor, merkte gar nicht, daß keiner das verstehen konnte. Bald hörte auch niemand mehr zu, weil gerade ein Schub Gäste hereinkam. Aber bevor Pongo die Papiere wegsteckte, sagte er zu mir – Sie wissen ja, wie Besoffene einen belästigen – also, er sagte: ›Wenn Sie Goppel das nächste Mal treffen, dann sagen Sie ›Guten Morgen, Herr Hauptmann!‹ Der kippt glatt um, darauf können Sie sich verlassen!‹ Ich mußte ihm das so lange wiederholen, bis ich es konnte. Machte bloß mit, weil er sonst ungemütlich geworden wäre.«

»Und haben Sie es an Goppel ausprobiert?«

Sie lächelte. »Ja. Aber natürlich nur aus Jux.«

»Wie hat er darauf reagiert?«
»Weiß ich nicht. Ich bog mit dem Wagen gerade in die Falcon Street ein, und er stand in der Durchfahrt. Ich hab' es ihm bloß zugerufen und bin losgefahren.«
»Aber danach haben Sie nichts weiter über Goppels Papiere gehört?«
Sie drückte ihre Zigarette aus. »Doch. Pongo kam am nächsten Abend an und beschwerte sich, jemand hätte ihm die Brieftasche mit den Papieren geklaut. Selbst Schuld, hab ich gesagt.«

8

»Na, wie war's in Bickersleigh?«
»Nicht überwältigend, aber das Bier war gut, und ein paar kleine Tips habe ich bei dem Gastwirt immerhin aufgesammelt. Goppel war seit Jahrzehnten mit ihm befreundet.«
Kersey und Wycliffe saßen in einer Koje im Polizeiwagen und tauschten ihre Erfahrungen des Nachmittags aus.
»Bishops Schuppen in der Fenton Street gehörte Goppel, und Goppel hatte ihm gekündigt.«
»So? Wußte der Wirt warum?«
Kersey grinste. »Allerdings. Goppel wollte das ganze Gelände in ein Disneyland verwandeln.«
»Ein Disneyland?«
»Natürlich nicht so groß wie das in Kalifornien. Eine Art Vergnügungspark sollte es werden, wo die Gören die Fernsehstars aus den Kinderprogrammen sozusagen in Natur zu sehen kriegen würden, bewegliche Modelle wie in Amerika. Er hatte große Rosinen im Sack, mit technischen Kinkerlitzchen und Gastspielen prominenter Unterhaltungskünstler und allen Schikanen.«
»Das hätte ein Vermögen gekostet.«
»Sicher, aber das scheint ihn nicht gestört zu haben. Er wußte, daß es ein Verlustgeschäft werden würde, trotz Eintrittsgeld und einem Spielzeugladen, den er einbauen wollte, aber er erzählte dem Gastwirt, er würde sein Geld lieber auf diese Art

los, als es Freddie zu vermachen, der es ja doch bloß durchbringen würde.«
»Interessant. Sonst noch etwas?«
»Nur, daß er Lennon haßte wie die Pest und ihm die ganze Schuld dafür gab, daß Freddie schwul wurde.«
Wycliffe berichtete über sein Gespräch mit Natalie, und Kersey war beeindruckt.
»Da haben wir den Beweis, daß Lennon sowohl die Orden wie auch die Papiere hatte. Und wer mir die Papiere geschickt hat, muß auch Goppels Selbstmord fingiert und Yvette umgebracht haben, als sie ihm vor die Füße lief.«
Wycliffe enthielt sich eines Kommentars, aber Kersey ließ nicht locker. »Oder sind Sie anderer Meinung, Sir?«
»Jedenfalls war der Mord an Goppel ein sorgfältig vorbereitetes Verbrechen«, antwortete Wycliffe ausweichend. »Der Mörder schickte Ihnen die Papiere, weil er mit Sicherheit annehmen konnte, daß Sie Goppel auf den Zahn fühlen würden. Es sollte so aussehen, als hätte Goppel sich in einem Anfall von Depression über seine Entlarvung das Leben genommen, und Sie müssen zugeben, daß wir ohne den Mord an Yvette kaum Verdacht geschöpft hätten.«
Kersey wurde ungeduldig. »Sie halten Lennon für einen gewieften Burschen, Sir, das wollen Sie damit doch sagen, oder? – Er hat eine ausgezeichnete Schulbildung hinter sich, kein Grund, ihn für dumm zu halten.«
»Aber doch dumm genug, die Orden zu verkaufen und alles für ein paar lächerliche Pfund aufs Spiel zu setzen?« fragte Wycliffe. »Und dumm genug, die Papiere, die er zu einem perfekten Verbrechen benutzen wollte, in aller Öffentlichkeit herumzuzeigen?«
Kersey kratzte sich das Stoppelkinn. »Was die Papiere angeht, Sir, mit denen hat er angegeben, als er betrunken war. Daß er einen Bock geschossen hatte, ist ihm ja schon am nächsten Tag aufgegangen, sonst hätte er die Geschichte mit der geklauten Brieftasche nicht erfunden.«
»Es wäre immerhin denkbar, daß er die Sache mit der gestohlenen Brieftasche nicht erfunden hat.« Kersey sah aus, als fiele es ihm schwer, die respektlose Bemerkung, die ihm auf der

Zunge lag, hinunterzuschlucken, und Wycliffe lächelte. »In einem Punkt sind wir uns immerhin einig«, gab er zu. »Wir müssen Lennon in die Zange nehmen.«
»Soll ich ihn abholen lassen?«
»Nein. Wir statten ihm einen Besuch ab. In Gegenwart seines Freundes bekommen wir wahrscheinlich mehr aus ihm heraus.«

Lennon öffnete ihnen. »Freddie, Besuch für dich!«
»Nein, Mr. Lennon. Wir wollen Sie sprechen, aber wenn es Ihnen nichts ausmacht, darf Mr. Goppel ruhig dabeisein.«
»Mich wollen Sie sprechen?« Lennons Überraschung war zu dick aufgetragen. »Kann mir nicht vorstellen, weswegen.«
Sie folgten ihm ins Wohnzimmer, wo Freddie ihnen entgegenstarrte wie den Engeln des Jüngsten Gerichts.
»Wollen Sie uns keinen Stuhl anbieten?« fragte Wycliffe.
»Aber selbstverständlich, meine Herren!« Lennon machte eine einladende Geste. »Was darf es sein? Das Sofa mit der attraktiv herausquellenden Füllung? Oder vielleicht unser Prunkstück, der Sessel? Die Sprungfedern hat allerdings ein Sadist eingesetzt.«
»Sie können deutsch, Mr. Lennon, nicht wahr?«
»Selbstredend, Superintendent. Sie haben das Produkt einer teuren Privatschule vor sich.«
Aus unmittelbarer Nähe wirkte Lennon noch struppiger und ungepflegter als Wycliffe ihn in Erinnerung hatte.
»Sie konnten Willy Goppels Papiere also mühelos an der Bar im *Cassandra* vorlesen, wie? – Vielleicht erinnern Sie sich, daß Sie Natalie Cole am selben Abend ein paar deutsche Brocken beibrachten und sie überredeten, Mr. Goppel mit ›Herr Hauptmann‹ anzureden.«
Lennon lachte gezwungen. »Aber ich bitte Sie, Superintendent, man wird sich wohl noch einen kleinen Spaß erlauben dürfen! Außerdem war ich besoffen – wollte Goppel bloß mal auf den Arm nehmen.«
»Mit der Tatsache, daß er seit über dreißig Jahren unter falschem Namen lebte?«
»Na und? Was hat das nach dreißig Jahren noch zu bedeuten?«

Freddie setzte zum Sprechen an, brachte aber keinen Ton heraus.
»Warum haben Sie mir die Papiere geschickt, wenn Sie sie für bedeutungslos hielten?« warf Kersey ein.
»Was? Ich hätte Ihnen das Zeug geschickt?« Wenn Lennons Verblüffung gespielt war, dann war er ein sehr begabter Schauspieler. »Wie käme ich dazu? Bis vor ein paar Tagen hatte ich Ihren Namen noch nie gehört. Interessiere mich grundsätzlich nicht für Polypen.«
»Aber jemand hat Goppels Wehrdienstpapiere letzten Donnerstag auf dem Revier in der Mallet Street in einem an mich adressierten Umschlag abgegeben. Wer sollte das gewesen sein, wenn nicht Sie?«
»Da fragen Sie mich zuviel. Ich hab' die verdammten Wische verloren. Genauer gesagt, jemand hat sie mitsamt meiner Brieftasche mitgehen lassen.«
»Und wie war das mit den Orden?«
»Wie war was mit was für Orden? Oder, gewählter ausgedrückt: Um welche Orden handelt es sich, und was soll mit ihnen passiert sein?«
Wycliffe schaltete sich ein. »Wir sind nicht hier, um Ihnen Fallen zu stellen, Mr. Lennon. Am vergangenen Donnerstag erzählte Mr. Goppel Sergeant Kersey, eine Zigarrenkiste mit den Papieren, ein paar Militärorden und Geld sei aus seiner Werkstatt verschwunden, aber er weigerte sich, wegen dieses Diebstahls eine formelle Anzeige zu erstatten, also können wir den Dieb ohnehin nicht belangen. Aber wir haben Zeugen dafür, daß Sie Mr. Goppels Orden in *The Fair Maid* in der Tolgate Street verkauft haben.« Wycliffe brach ab und wandte sich zu Freddie um, der sich verängstigt in seinem Stuhl zusammenkauerte.
»Aller Wahrscheinlichkeit nach hat Mr. Goppel von einer Anzeige abgesehen, weil er seinen Sohn für den Dieb hielt.«
»Ich . . . ich . . .« stotterte Freddie, kam aber nicht weiter.
Lennon beugte sich in seinem gefährlich knackenden Korbstuhl vor. »Wozu das Tamtam, wenn Sie den Dieb laufen lassen müssen? Daß ein Chiefsuperintendent und ein Sergeant hinter ein paar Orden herschnüffeln, die . . .«

Wycliffe unterbrach ihn scharf. »Die Orden und die Papiere interessieren uns nur im Zusammenhang mit den beiden Morden.«
Lennon warf einen fragenden Blick auf Freddie, bevor er antwortete. »Jetzt kapiere ich überhaupt nichts mehr. Was haben die Papiere mit den Morden zu tun?«
»Eine ganze Menge. Goppels Tod sollte nach Selbstmord aussehen, für den der Mörder vor der Tat einen Grund fabrizierte. Er schickte die Papiere an Sergeant Kersey und machte ihn in einer anonymen Note darauf aufmerksam, daß sie Mr. Goppel gehörten. Wie er erwarten konnte, stellte Mr. Kersey Goppel zur Rede und schickte die Papiere ans Innenministerium weiter. Kurz darauf fanden wir Goppel erhängt in seinem Haus vor. Die Geschichte hatte ihm scheinbar so zugesetzt, daß er sich das Leben genommen hatte.«
Lennon verlor seine Selbstsicherheit. »Davon hat nichts in der Zeitung gestanden«, sagte er bestürzt.
»Nein, aber das sind die Tatsachen. Wenn der Mörder nicht auch Yvette Cole umgebracht hätte, weil sie ihn in Goppels Haus überraschte, dann hätten wir beinah sicher auf Selbstmord erkannt.«
Freddie erschreckte sie mit einer ruckartigen Bewegung. Er hob die Beine vom Fußboden und kreuzte sie in Buddha-Stellung vor sich auf dem Sessel.
Wycliffe ließ Lennon Zeit zum Nachdenken. Er hatte den Clown markiert, war aber intelligent genug, sofort zu merken, woher der Wind wehte.
»Wäre ich so blöde gewesen, mit den Papieren im *Cassandra* rumzufuchteln, wenn ich sie für so was gebrauchen wollte?« verteidigte er sich.
»Das kann ich nicht beurteilen. Schließlich haben Sie selbst zugegeben, daß Sie betrunken waren.«
»Und wenn Ihnen die Brieftasche tatsächlich gestohlen worden ist, möchte ich wissen, wo und wann und wie«, fuhr Kersey dazwischen.
»Wann und wo ist klar. Am selben Abend im *Cassandra*.«
»Sie meinen, einer der Gäste dort hätte Sie ausgenommen?«
»Was sonst? Ich hatte allerhand getankt, und Natalie brachte

mich an einen der hintersten Tische. Ich weiß noch, daß ich mein Jackett über die Stuhllehne hängte.«
»Saßen Sie allein am Tisch?«
»Nein. Natalie schleppte Geoff Bishop rüber. Sollte aufpassen, daß ich mich nicht danebenbenahm und ihr den Teppich vollkotzte. Aber der schwarze Kaffee, den sie mir brachten, hat mich wieder aufgemöbelt.«
»Sind Sie bereit, uns das alles schriftlich zu geben? Mit Unterschrift, versteht sich.«
Lennon fuhr sich mit den Fingern durch das dichte Wuschelhaar. »Sicher. Ist das alles?«
»Noch nicht ganz«, entgegnete Wycliffe. »Wo waren Sie zwischen, sagen wir, Sonnabend nachmittag und Sonntag früh?«
Lennon überlegte. »Sonnabend nachmittag hab' ich mir hier die Sportsendung im Fernsehen angesehen, und abends war ich mit Freddie in einer Pinte.« Er hatte sich wieder gefangen und grinste frech. »*The Fair Maid.* Um neun herum schob Freddie nach Hause ab, und ich zottelte zu einer Party.«
»Wo war diese Party?«
»In der Grenville Road. Nummer 26. Bei Jeremy Hobson, einem alten Kumpel von mir.«
»Wann kamen Sie dort an?«
»Halb zehn, so was.«
»Und wann sind Sie gegangen?«
Lennon feixte. »Vor Sonntag früh jedenfalls nicht. Mittags wachte ich mit einem Brummschädel auf, das weiß ich zufällig noch.«
»Besitzen Sie einen Wagen?«
»Einen Wagen? Wo denken Sie hin! Ich hatte mein Fahrrad dabei und bin darauf nach Hause gestrampelt, ob Sie's glauben oder nicht.«
»Nur noch ein paar Formalitäten, Mr. Lennon. Ich brauche Ihre Einwilligung zu einer kurzen ärztlichen Untersuchung.«
»Was? Ich soll mich untersuchen lassen? Wozu bloß?«
»Es ist nötig, das versichere ich Ihnen. Und um eine Haussuchung werden Sie auch nicht herumkommen.«
»Meinetwegen, wenn's Ihnen Spaß macht. Sonst noch was?«

»Was haben Sie am Sonnabend abend getragen?«
»Sporthose und Blazer. Zu einem Frack reicht's bei mir nicht.«
»Wir müssen diese Sachen und das Hemd, das Sie am Sonnabend anhatten, für ein paar Tage beschlagnahmen.«
Kersey folgte Wycliffe auf den Treppenflur. »Blöder Hanswurst! Ob er uns mit seinen Witzchen einwickeln wollte?«
»Schwer zu sagen. Wenn Sie seine Wohnung auseinandernehmen, wissen Sie, worauf es ankommt, nicht wahr? Webbänder, Schlaufen, Nylonschnüre, Schnallen, die von Militärkoppeln stammen könnten. Um sieben melde ich ihn beim Dienstarzt an. Ich schicke Ihnen einen Wagen.«
Wycliffe fuhr ratlos in die Falcon Street zurück. Sie hatten Lennon nichts anlasten können, aber wer kam sonst in Frage? Wem war Goppel dermaßen unbequem gewesen, daß er ein gewagtes Verbrechen ausgeklügelt und ausgeführt hatte? Alle Nachfragen hatten ergeben, daß Goppel ein allgemein beliebter, wenn auch etwas verschrobener Mensch gewesen war. Nur ein einziger seiner Bekannten war schlecht auf ihn zu sprechen gewesen – Bishop. Aber hätte Bishop sich wegen eines gekündigten Mietvertrages zu einem Mord hinreißen lassen?
Während Kersey die verwahrloste kleine Wohnung durchstöberte, beschäftigten ihn drei Fragen: Würde seine Suche ihm etwas einbringen? Würde der Arzt verräterische Kratzer an Lennon entdecken? Gab es irgendwelche Lücken in seinem Alibi für den Sonnabend abend?
Freddie folgte jeder seiner Bewegungen mit angstgeweiteten Augen wie in Erwartung einer unabwendbaren Katastrophe. Lennon saß nonchalant auf dem Sofa und blätterte in einer Illustrierten.
»Was? Schon fertig?« fragte er, als Kersey sich den Staub von den Knien klopfte.
»Für heute.«
»Sie wollen uns also noch einmal beehren? Aber bitte! Jederzeit!«
Auch die ärztliche Untersuchung erbrachte nichts. »Was wollte der alte Quacksalber denn?« fragte Lennon, als er aus dem Ordinationszimmer kam. »Nachsehen, ob ich mit Nut-

ten schlafe?«
Kersey hatte keine Ader für Lennons Humor. »Sind Sie wirklich so blöde, oder tun Sie nur so?«
Constable Dixon holte ihn mit einem Streifenwagen ab. »Fertig, Sergeant?«
»Fertig ist gar kein Ausdruck mehr! Aber jetzt nehmen wir sein Alibi unter die Lupe.«
Die Grenville Road war eine elegante Allee mit breiten Einfahrten zu beiden Seiten, auf denen hier und da ein Jaguar, ein Mercedes oder ein Rover parkte. Das Haus Nummer 26 war von einem Garten umgeben, dessen anbaufähige Bodenfläche ausreichen würde, die Bewohner auch über einen Börsenkrach hinweg bequem zu ernähren.
Es dunkelte bereits, als sie ankamen, und hinter vielen Fenstern brannte Licht. Kersey bediente den schmiedeeisernen Türklopfer, und die hellbraun gebeizte, mit Beschlägen verzierte Tür öffnete sich einen Spalt.
»Was wollen Sie?« Die junge blonde Frau schien außer einem knappen, rotsamtenen Lätzchenkleid und zehenfreien Sandalen nichts anzuhaben.
»Mrs. Hobson?« Kersey streckte seinen Dienstausweis durch den Spalt.
Sie nahm die Sicherheitskette ab. »Ja?«
»Hatten Sie am Sonnabend abend Gäste?«
»Allerdings. Aber ich wüßte nicht, was das die Polizei angeht.«
»Wir müssen der Vollständigkeit halber eine Aussage eines Ihrer Gäste überprüfen. Er sagte, er habe sich am Sonnabend bis spät in die Nacht hier aufgehalten.«
»Und wer ist dieser Gast?«
»Ein Mr. Toby Lennon.«
Sie stieß einen theatralischen Stoßseufzer aus. »Das hätte ich mir denken können! Was hat er denn angestellt?« Pongo schien bei seiner Gastgeberin nicht hoch im Kurs zu stehen.
»Nichts, soweit wir wissen.«
»Toby Lennon war am Sonnabend dabei.« Sie hielt das Interview für beendet und griff nach dem Türknopf.
»Wir brauchen von Ihnen und wenn möglich auch von Ihrem

Mann ein paar Einzelheiten über Lennons Besuch, Mrs. Hobson.«
Sie hob resigniert die Schultern. »Kommen Sie herein. – Sind für solche Kleinigkeiten gleich zwei Mann nötig? Ich denke, bei der Polizei herrscht Personalmangel?«
Kersey und Dixon folgten ihr in ein riesiges Wohnzimmer mit schwarzweiß gestreiften opulenten Polstermöbeln und einem blütenweißen Teppich. Weiß ist in, dachte Kersey, das muß ich Esther verraten.
»Ich hole eben meinen Mann.«
»Bißchen was anderes als das Loch in der Telfer Street«, murmelte Dixon, als sie gegangen war.
»Ja. Unser Pongo ist überall zu Hause«, kommentierte Kersey.
Die Blondine kam mit ihrem Ehemann im Schlepptau zurück, einem hellhäutigen, aristokratisch feingliedrigen Individuum.
»So so, Sie ziehen Erkundigungen über Pongo Lennon ein. Wir waren zusammen in der Schule.« Wie um sich von diesem ehemaligen Schulkameraden zu distanzieren, fügte er hinzu: »Die Party am Sonnabend war ein ziemlicher Rummel. Zeitweise hatten wir mindestens fünfzig Gäste hier. Bei unseren gesellschaftlichen Verpflichtungen ergibt es sich hin und wieder, daß man alle Bekannten auf einmal einlädt.« Er lächelte. »Das ist dann sozusagen ein Abwasch. Pongo kam zwischen neun und zehn an, würdest du nicht auch sagen, Molly? – Jedenfalls noch vor zehn.«
»Wird schon stimmen«, meinte Molly desinteressiert. Sie lagerte sich auf dem Teppich, wobei sie ein großzügiges Stück ihrer Oberschenkel freigab, und grub die Finger in das Fell einer weißen Katze, die auf dem weißen Untergrund beinahe unsichtbar blieb, außer wenn sie dem Betrachter das Gesicht mit der dunklen Nase und den grünen Augen zuwandte.
»Erinnern Sie sich, wie lange er blieb?«
»Bis zum bitteren Ende. Pongo läßt sich keinen freien Drink entgehen, solange noch etwas da ist.«
»Aber Sie können nicht bezeugen, daß er den ganzen Abend hier verbracht hat, oder?«
»Pongo war die ganze Zeit da«, warf Mrs. Hobson ein. »Der

war gar nicht zu überhören, so wie er immer rumgrölt. Aufdringlicher Lümmel!«
Mr. Hobson protestierte sanft. »Aber Molly! Pongo ist harmlos. Wenn man ihn richtig anfaßt, kann er sogar . . .«
Seine Frau lächelte unangenehm. »Das Anfassen überlasse ich dir.«
»Pongo war einer der letzten«, sagte Mr. Hobson. »Gegen drei Uhr morgens mußte ich ihn mit ein paar anderen hinauskomplimentieren. Hinterher hatte ich ein schlechtes Gewissen. Er sagte, er würde mit seinem Fahrrad nach Hause fahren, dabei war er sternhagelvoll.«
»Nun brauche ich nur noch die Namen einiger anderer Gäste, die sich möglicherweise an Einzelheiten erinnern.«
»Muß das sein, Sergeant? Der Gedanke, meine Gäste mit so etwas zu belämmern, ist mir äußerst unangenehm.«
Kersey und Dixon gingen, nachdem sie sich drei Namen notiert hatten, die Hobson ihnen widerwillig diktierte.

»Willy Goppel muß ein toller Bursche gewesen sein. Crowther schätzt seinen Besitz auf über vierhunderttausend, aber Goppel ließ sich von niemandem völlig in die Karten sehen; teilte die Verwaltungsarbeit auf. Crowther setzte ihm die Mietverträge auf und kümmerte sich um die juristische Seite; die Maklerfirma Cassels and White fand Mieter für seine Anwesen, kassierte die Mieten und hielt die Inventarlisten in Ordnung, und Fiske verwaltete seine Konten, Versicherungen und Investitionen und setzte seine Steuererklärungen auf.«
Wycliffe und Scales gönnten sich im Restaurant gegenüber dem *Pauls Court* ein anständiges Abendessen. Die Auswahl war nicht groß, aber die Speisen waren appetitlich angerichtet und schmackhaft. Eine einzige kleine Kellnerin unbestimmten Alters eilte von Tisch zu Tisch und schickte hin und wieder einen Blick in die Richtung der Bar, hinter der die unförmig dicke Besitzerin thronte und ihr mit knappen Bewegungen ihrer schwer beringten molligen Hand Anweisungen gab.
»Laut Crowther hat Goppel Henry und Alison Ward, Yvette und dem Gastwirt in Bickersleigh je viertausend hinterlassen«, fuhr Scales fort. »Alles übrige geht an Freddie.«

Die Kellnerin brachte die Käseplatte, und sie bedienten sich. »Und sonst hatte Crowther nichts für uns?«

Scales schüttelte den Kopf. »Nichts Handfestes. Bishop hat ihm und dem Grundstücksmakler die Türen eingerannt und Krach geschlagen, aber sie nehmen ihn nicht ernst. Sonderbarerweise wissen weder Crowther noch der Makler, weshalb Goppel Bishops Vertrag nicht erneuern wollte.«

Wycliffe erzählte ihm über das Disneyland-Projekt.

»Ein Fingerzeig auf Freddie und seinen Kumpan?« fragte Scales. »Das heißt, falls sie Wind von Goppels Plänen bekommen hatten. – Aber hier ist noch etwas.« Er zog die Liste der Geschäfte aus der Tasche, die Wycliffe in Goppels Schreibpult entdeckt hatte. »Vielleicht ist diese Aufstellung doch nicht ganz so bedeutungslos, wie ich anfangs annahm. Inzwischen habe ich bei einigen dieser Firmen auf den Busch geklopft . . .«

»Sollen wir uns einen Kognak genehmigen?« unterbrach Wycliffe.

»Warum nicht? Aber was gibt's zu begießen?«

Wycliffe grinste. »Unsere festgefahrene Kutsche. – Was war also mit den Firmen?«

»Ich rief zuerst die Metzgerei an, City Butchers, und der Manager erzählte, Goppel habe sich vor zwei Monaten bei ihm nach empfehlenswerten Versicherungskonzernen erkundigt, er sähe sich nach Zusatzversicherungen für seine Läden um. Der Manager fing also an, ihm die Einzelversicherungen aufzuzählen, die sein Versicherungsmakler für das Unternehmen abgeschlossen hätte, Haftpflicht für die Angestellten, Fahrzeuge, Gebäude und so weiter, aber Goppel sei lediglich an der Gebäudeversicherung interessiert gewesen und habe eingehängt, nachdem er erfahren habe, die Geschäftsgebäude der City Butchers seien bei der Eagle versichert.«

»Und? Was ist daran so sonderbar? Es zeigt doch nur, daß Goppel ein umsichtiger Mann war.«

»Schon, aber er wollte nichts weiter wissen als den Namen dieser einen Versicherungsgesellschaft, nichts über die Höhe der Beiträge, die Leistung, die Prämien. Bei den anderen Firmen war es das gleiche. Die Leute dachten, er wolle sich ein

paar Tips holen, aber darum schien es ihm nicht zu gehen. Er ließ sich ein paar Namen geben, das war alles. Wozu das, frage ich mich. Ein Mann wie Willy Goppel brauchte sich doch nicht persönlich um seine Versicherungen zu kümmern – dafür gibt es Makler. In Geschäftssachen war er schließlich kein Neuling.«
»Halten Sie seine Umfrage für verdächtig?«
»Vielleicht. Aber was genau er damit bezweckt haben könnte, ist mir schleierhaft. Komische Geschichte.«
Sie beendeten ihre Mahlzeit und traten hinaus in die Dämmerung. Der Abend war windstill und milde, nur drüben auf dem Friedhof raschelte eine leichte Brise in den Baumwipfeln.

Mr. Hedley hörte das Telefon durch das Fortissimo des Londoner Sinfonieorchesters. Er trat in die Diele, schloß die Wohnzimmertür hinter sich und nahm ab, erfaßte aber erst nach einigen Sekunden, daß die hysterische Stimme am anderen Ende Freddie Goppel gehörte; Freddie, der etwas Unverständliches über Toby und die Polizei heraushaspelte.
»Um Gottes willen, Freddie, beruhige dich!« unterbrach er. »Haben sie Toby verhaftet?« Hedley war keineswegs so senil, wie seine Frau anzunehmen schien.
»Ich weiß nicht. Sie haben ihn zum Polizeiarzt mitgenommen. Er muß sich untersuchen lassen, und . . .«
»Warum denn nur?«
»Sie glauben anscheinend, daß er . . . daß er der Mörder ist.«
»O Gott!« Mr. Hedley überlegte einen Moment. »Haben sie ihn regelrecht beschuldigt?«
»Nein, das nicht, aber . . .«
»Von wo rufst du an?«
»Von der Telefonzelle beim Markt.«
»Hör zu, Freddie!« Mr. Hedleys gewöhnlich so greisenhaft dünne Stimme war fest. »Du gehst jetzt zurück in die Wohnung, wenn Toby wiederkommt, sagst du ihm, er soll uns anrufen.«
»Aber wenn sie ihn nicht mehr nach Hause lassen?«
»Wenn er um elf noch nicht da ist, rufst du noch einmal an, ist das klar?«
»Ja.«

Mrs. Hedley döste in ihrem Sessel, als ihr Mann das Radio abdrehte. Sie öffnete die Augen. »Was ist los? Warum stellst du ab? Ich habe zugehört.«

Wycliffe traf Helen im Wohnzimmer an. Ihr von der Sonne durchglühtes Gesicht verriet ihm, daß sie wie immer an schönen Tagen im Garten gearbeitet hatte, bis die Dunkelheit sie ins Haus trieb.
»Hast du schon gegessen?«
»Ja. Scales und ich haben uns in einem Restaurant in der Falcon Street den Bauch vollgeschlagen.«
»Um so besser; das hat euch sicher gutgetan.«
Die schmale Kluft, die sie tagsüber trennte, war wieder einmal überbrückt.
Aber später im Bett stürzten Bilder, Gesprächsfetzen, vage Gedankenansätze in wirrer Folge auf Wycliffe ein und störten seinen Schlaf. Besonders deutlich zogen die Menschen an seinem inneren Auge vorüber. Bishop, Natalie, Lennon . . . starr und beziehungslos wie Porträts einer Ausstellung. Gesichter, die nichts von ihrer Vergangenheit oder Zukunft preisgaben. Als letztes drängte sich der kleine Zettel in sein bereits umnebeltes Bewußtsein, Goppels Aufstellung der Firmen und ihrer Versicherungsgesellschaften. »Goppel hätte sich nicht persönlich um seine Versicherungsangelegenheiten zu kümmern brauchen«, hatte Scales gesagt. »Dafür gibt es Makler.«
Goppel hatte Fiske gehabt. Fiske verwaltete seine Investitionen und Versicherungen. Wenn er Rat wollte, hätte er also nur den Hof zu überqueren brauchen. In seinem halbwachen Zustand kam Wycliffe dieser Gedanke amüsant vor, und er schlief lächelnd ein.

9

Der Polizeiarzt hatte keinen einzigen Kratzer an Lennon entdeckt, und die Durchsuchung seiner Wohnung hatte nichts gebracht, aber Lennons Alibi – die Party in der Grenville Road

– stand auf schwachen Füßen, wie Kersey ausführte.
»Daß er zwischen halb zehn und zehn ankam und gegen drei Uhr morgens verschwand, steht fest, aber was er in der Zwischenzeit alles getrieben hat, mag der liebe Himmel wissen. Kaltes Büfett und eine Selbstbedienungsbar, und über fünfzig Gäste, die in den Wohnräumen und im Garten herumschwärmten, von den Schlafzimmern ganz zu schweigen. Und Hobsons Haus ist nur sechs Minuten Fußweg von hier entfernt. Falls Lennon sein Fahrrad benutzt hat, knappe vier.«
»Lennon bleibt also auf der Verdachtsliste«, bemerkte Wycliffe.
Scales, Kersey und Wycliffe saßen im größten Abteil des Polizeiwagens bei ihrer Morgenkonferenz.
»Wenn er spätabends per Fahrrad zum Court und zurück gefahren ist, muß er jemandem aufgefallen sein«, warf Scales ein. »Wir fragen am besten bei den Streifen an.«
Kersey verzog das Gesicht. »Die Kerle sehen und hören nichts mehr, seit sie nur noch in ihren Wagen auf dem Hintern sitzen. Wenn Lennon die Fußwege benutzt hat, hätte einer der alten Tippelgarde ihn sicher bemerkt, aber . . .« Er warf Wycliffe einen betretenen Blick zu. Hatte er mit seiner Verachtung der seit kurzem eingeführten Streifenwagenpatrouillen das liebste Kind des Chefs verletzt?
Aber Wycliffe grinste. »Fragen kostet nichts. Und die paar Fußarbeiter, die wir noch haben, schicken wir hier in der Nachbarschaft von Haus zu Haus.«
Scales nickte. »Das nehme ich in die Hand.«
»Und wie ist es mit der Versicherungsgeschichte, John? Da sollten wir noch einmal nachhaken.«
»Wird gemacht.« Scales stand auf. »Diesmal rücke ich den Leuten persönlich auf die Bude.«
Kurz nachdem Scales gegangen war, brachte ein Constable ein Päckchen herein. »Vom Spurensicherungslabor, Sir.«
Es war Yvettes Uhr. Wycliffe las Kersey den knappen Begleitzettel vor. »›Bei den am Armband haftenden Fasern handelt es sich um zweifarbige, ursprünglich aller Wahrscheinlichkeit nach miteinander versponnene Wolle. Das maschinenge-

strickte Kleidungsstück guter Qualität, von dem sie stammen, ist demnach goldbraun. Wolle dieser Art wird hauptsächlich zu Pullovern, Strickjacken usw. verarbeitet.‹«

Kersey rümpfte die Nase. »Wenn wir ihn finden, fragen wir ihn, ob er einen goldbraunen Undsoweiter besitzt.«

»Es kommt noch mehr«, fuhr Wycliffe fort. »›Ein Glied des Armbandes ist beschädigt, und es ist nicht auszuschließen, daß der daraus resultierende scharfe Haken sich in einem Kleidungsstück der oben beschriebenen Art verfangen hat. Bei einem Test blieb die Uhr fünfzehn Minuten lang am Pullover des Trägers hängen, der während dieser Zeit seine normale Arbeit im Labor fortführte.‹«

»Na schön, also besitzt der Schuft einen goldbraunen Wollpullover. Ich hab' auch einen in der Farbe.«

Wycliffe senkte die Augen deprimiert auf die kleine Uhr, die auf dem Tisch zwischen ihnen lag und versuchte, den berufswidrigen Zorn, der plötzlich in ihm hochstieg, hinunterzuschlucken.

Mrs. Hedley blickte zur Wanduhr auf. »Du mußt gehen. Ab halb acht sind sie da. Und du bestehst darauf, den Superintendent persönlich zu sprechen.«

»Und was sage ich, wenn sie wissen wollen, warum ich mich nicht eher gemeldet habe? Daß es mir entfallen war?«

»Wenn du ihnen mit so einem Unsinn kommst, kannst du gleich hierbleiben«, entgegnete seine Frau wegwerfend. »Du sagst selbstverständlich, daß dir die Wichtigkeit dieser Sache erst nach einem Gespräch mit mir aufgegangen ist.«

Ein junger Beamter erschien auf Hedleys zaghaftes Klopfen in der Tür des Behelfsreviers. »Ja, Sir? Was können wir für Sie tun?«

Hedley nannte seinen Namen. »Kann ich den Superintendent sprechen?«

»Mr. Hedley vom Court?« fragte der Beamte. »Treten Sie ein. Wenn Sie einen Augenblick Platz nehmen wollen; ich sehe eben nach, ob der Super frei ist.« Er deutete auf die Wandbank hinter dem Tisch, an dem er gearbeitet hatte und führte Hedley nach wenigen Sekunden in ein geräumigeres Abteil,

in dem der Chiefsuperintendent und Sergeant Kersey ihn erwarteten. Kersey begrüßte ihn wie einen alten Bekannten und erleichterte ihm den Anfang.
»Sie haben Bishop also von Ihrer Veranda aus gesehen«, wiederholte Wycliffe. »Erinnern Sie sich an die Uhrzeit?«
»Es war gegen halb zwölf. Auf die Minute genau kann ich es nicht sagen.«
»Und er kam aus Goppels Hinterhof?«
Hedley zögerte. »So schien es mir wenigstens, aber einen Eid würde ich nicht darauf leisten. Er kann auch durch die Eisenpforte vom Church Lane gekommen sein.«
»Von Ihrer Veranda ist es ein ganzes Stück quer über den Court.«
»Und im Dunkeln zu weit für meine alten Augen, nicht wahr?« ergänzte Hedley lächelnd. »Aber in der Ecke war es nicht dunkel. In der Nähe der Pforte ist eine Straßenlampe, und ich sah den Mann genau, wenn ich Bishop auf die Entfernung auch nicht sofort erkannt habe.«
»Ist er Ihnen durch irgend etwas aufgefallen?«
Hedley dachte nach. »Ja. Er benahm sich merkwürdig. Zuerst schlich er sich zögernd und vorsichtig vorwärts, und dann rannte er plötzlich auf den Baum zu, als ob er in Deckung gehen wollte. Das letzte Stück vom Baum zu Mrs. Coles Haus ging er ein bißchen unsicher, aber sonst ganz normal. Dann schloß er die Tür auf und verschwand im Haus.«
Hedley erwartete, man würde ihn entlassen, aber Kersey hielt ihn fest.
»Sie haben früher bei der Stadtverwaltung gearbeitet, nicht wahr?«
»Ja. Dreiundvierzig Jahre. In der Finanzabteilung. Als sie den Computer anschafften, ließ ich mich pensionieren. War zu alt zum Umlernen.«
»Und danach arbeiteten Sie bei Mr. Fiske?«
»Ja. Bis vor einem Jahr.«
»Als Bürovorsteher?« fragte Wycliffe.
Der alte Mann schüttelte den Kopf. »O nein, Jim Staples hat Fiskes Büro geleitet. Ist immer noch da, aber er will jetzt auch

aufhören, heißt es.« Er lachte. »Martin Fiske ist nicht von gestern. Stellt hauptsächlich Leute wie mich und Jim Staples ein, die sich vorzeitig haben pensionieren lassen. Denen braucht er nicht das volle Gehalt zu zahlen. Nicht, daß ich mich darüber beschweren möchte; konnte das Geld gut gebrauchen.«
»Verwaltete Mr. Fiske nicht auch Willy Goppels Kapital?«
»Ja. Goppel war einer seiner Klienten.«
»Mr. Fiskes Büro erledigt die ganze Verwaltungsarbeit kleinerer Unternehmen, habe ich mir erzählen lassen. Stimmt das?«
»Ja. Bis zum Tüpfelchen auf dem I. Buchhaltung, Einkommenssteuer, Mehrwertsteuer, Versicherungen, alles.«
»Haben Sie die Versicherungen bearbeitet?«
»Nein, das macht Mr. Fiske persönlich. Früher war er Versicherungs- und Investitionsmakler.« Mr. Hedley gluckste. »Bevor er auf die Idee kam, sich als Kindermädchen des kleinen Geschäftsmannes zu etablieren.«
»Interessant«, sagte Kersey, als Hedley gegangen war.
»Allerdings.«
»Einen Sexualmord an einem jungen Mädchen traue ich Bishop nicht zu, aber wenn Yvette dazukam, als er Goppel erledigte . . . Wer weiß. Wir sollten ihn noch einmal in den Schwitzkasten nehmen, Sir.«
»Unbedingt.«
Auf der Fahrt zur Fenton Street sprachen sie kaum; erst als sie beinah angekommen waren, fragte Wycliffe: »Ob der junge Ward auf seinem Heimweg irgend etwas bemerkt hat? Er wird die Nacht kaum auf der Bank in der Lodge Road verbracht haben.«
Kersey unterdrückte einen Seufzer. »Ich frage ihn in der Mittagspause, Sir.« Wie oft würde er Henry Ward noch interviewen müssen?
Sie folgten der grell geschminkten goldgelockten Sekretärin unaufgefordert in Bishops Büro.
Bishop hob den Kugelschreiber von einem eselsohrigen Notizbuch. »Der reinste Taubenschlag heute morgen! Freddie Goppel und sein Aufpasser sind gerade erst weg.«
»Was wollten sie?«

Bishop steckte sich eine Zigarette an. »Nicht Ihre Angelegenheit, würde ich sagen, Mr. Kersey, aber von mir aus dürfen Sie's ruhig wissen. Freddie hat gerade eine frohe Botschaft vom Rechtsanwalt seines Vaters bekommen und wollte eine kleine Anzahlung für diese Klitsche. Er ist knapp bei Kasse und will verkaufen. Der Rechtsanwalt rückt seinen Kies erst raus, wenn Sie ihm grünes Licht geben.«
»Also sind Sie Ihre Sorgen wegen des Mietvertrages los?«
Bishop hob die Brauen. »Das haben Sie auch schon herausgeschnüffelt? – Kommt darauf an, was Freddie verlangt, aber wir werden uns wohl einigen.«
»Wußten Sie, was Goppel hier aufbauen wollte?«
»Nein. Aber Freddie hat es mir gerade verraten.« Bishop grinste. »Goppel kann nicht mehr ganz dicht gewesen sein. Ein Rummelplatz für Kinder! Ich bitte Sie! Freddie kann von Glück sagen, daß sein Alter rechtzeitig abkratzte, bevor das ganze Geld weg war.«
Wycliffe schaltete sich ein. »Erinnern Sie sich an den Abend im *Cassandra*, als Lennon mit Goppels Wehrdienstpapieren angab?«
Bishop nickte. »Klar. Pongo war stockbesoffen.«
»Dann wissen Sie wohl auch, daß ihm am selben Abend die Brieftasche mit den Papieren gestohlen wurde?«
»Ja. Natalie hat es mir hinterher erzählt.«
»Saßen Sie nicht bei ihm am Tisch?«
»Sicher; eine Weile, aber für seine Brieftasche hab' ich mich nicht verantwortlich gefühlt. Was kann der Idiot denn erwarten, wenn er sie in der Jackentasche über dem Stuhl hängen läßt und alle fünf Minuten auf dem Lokus verschwindet?«
»Haben Sie ihn nach Hause gebracht?«
»Nach Hause gebracht? Ich kann mich beherrschen! Als er 'ne Tasse Kaffee intus hatte, war er sowieso wieder einigermaßen beisammen.« Bishop drückte seine Zigarette im Aschenbecher aus.
»Wann sind Sie am Sonnabend abend nach Hause gekommen?«
»Das habe ich Mr. Kersey schon erzählt. Was wollen Sie überhaupt noch von mir?«

»Sind Sie durch die Einfahrt oder durch die Pforte vom Church Lane in den Court zurückgekommen?«
Bishop machte eine ungeduldige Handbewegung. »Soll ich das nicht lieber gleich auf Band sprechen? Dann können Sie es sich vorspielen, so oft es Ihnen Spaß macht. Ich bin durch die Einfahrt gegangen.«
»Sie waren also, als Yvette um vier vorbeikam, hier im Geschäft, fuhren dann nach Hause, stellten Ihren Wagen in der Garage im Court ab und gingen zu Fuß zum Pub, nicht wahr?«
»Ja, doch!«
»Haben Sie auf dem Heimweg bei Willy Goppel hereingeschaut?«
Bishop sah vom Schreibtisch auf, aber sein argwöhnisch forschender Blick prallte an Wycliffes undurchdringlichem Gesicht ab. »Wie kommen Sie auf sowas? Als ob ich mit Willy Goppel befreundet gewesen wäre!«
»Vielleicht wollten Sie versuchen, ihn wegen des Mietvertrages umzustimmen.«
»Mitten in der Nacht?«
»Denken Sie noch einmal scharf nach, Mr. Bishop. Jemand hat Sie aus Goppels Haus kommen sehen.«
Bishop fuhr auf seinem Drehstuhl herum und starrte sie abwechselnd an. » Ist das eine Falle? Denken Sie vielleicht, ich hab' Goppel umgebracht? Wegen eines gottverdammten Mietvertrags?«
Wycliffe schwieg, und auch Kersey ließ sich erst nach einer unbehaglich langen Pause zu einer Antwort herbei. »Wir wollen Ihnen kein Bein stellen, Mr. Bishop. Aber Sie sind uns eine Erklärung schuldig. Sie waren im Klub dabei, als Lennon Goppels Papiere herumreichte und als seine Brieftasche mit den Papieren verschwand, und jetzt kommt heraus, daß Sie Goppel um die Tatzeit herum einen Besuch abgestattet haben.«
Bishop rückte fahrig an den Schreibutensilien auf seinem Tisch herum. »Eins muß ich Ihnen lassen: Sie verstehen Ihr dreckiges Handwerk! Angenommen, ich mache nicht mehr mit und halte die Klappe. Dann saugen Sie sich sonst was aus den Fingern, was Sie mir ankleben können, stimmt's? Ich muß

bei Fuß gehen, ob ich will oder nicht. Immer dasselbe.«
»Niemand will Ihnen an den Kragen, Bishop. Erpressung gehört nicht zu unseren Arbeitsmethoden.«
»Ob jetzt oder später, ich komme ja doch nicht darum herum. Geb der Himmel, daß Sie mir glauben! – Also, ich war gerade unter der Einfahrt durch, als ich aus Goppels Haus einen Schrei hörte, als ob jemand sich furchtbar verletzt hätte. Wußte natürlich nicht, was es war. Hatte ein paar zu viel gehoben, an dem Abend. Die Hintertür war nicht abgeschlossen, und ich ging nachsehen. Die Werkstatt war dunkel, aber im Treppenhaus brannte die Lampe. Ich blieb an der Tür stehen und brüllte: ›Alles in Ordnung, Goppel?‹ Aber er schien mich nicht gehört zu haben. Ob er an einem Stecker rumgefummelt und sich einen elektrischen Schlag geholt hat, dachte ich noch. Na, ich durch die Werkstatt durch zum Treppenflur, und da sah ich ihn. Er hing vom Geländer runter. Kann Ihnen sagen, das war vielleicht 'ne Ausnüchterungskur! Ich dachte natürlich, er hätte geschrien , als er sich über die Treppe fallen ließ.«
»War er auf irgendeine Weise gefesselt oder gebunden?« fragte Wycliffe.
Bishop schüttelte den Kopf. »Nein, ich glaube nicht. Hatte nur die Schnur um den Hals.«
»Und weiter?«
»Zuerst dachte ich, er wäre vielleicht noch nicht tot und ging die Treppe rauf. Aber er war weg. Ich brauchte ihm bloß ins Gesicht zu sehen, da wußte ich Bescheid. Dieses Gesicht!« Bishop zündete sich eine neue Zigarette an. »Ich weiß, ich hätte die ganze Gegend zusammentrommeln müssen, aber wenn man bei der Polente so gut angeschrieben ist wie ich, zieht man den Kopf ein und haut ab. Goppel konnte ja doch keiner mehr helfen. Na ja, dann hab ich mich nach Hause verzogen und bin mit einem Whisky zu Bett gegangen.«
»Aber inzwischen ist Ihnen wohl aufgegangen, daß Goppel schon eine Weile tot gewesen sein mußte, als Sie ihn fanden. Der Mörder hatte ihm die Fesseln bereits abgenommen.«
Bishop nickte. «Ja, aber woher sollte ich das am Sonnabend wissen?«
»Haben Sie noch einmal über den Schrei nachgedacht?«

»Was denken Sie wohl, verdammt nochmal! Hab' mir schon hundertmal gesagt, daß es Yvette gewesen sein muß! Der Schweinehund war noch im Haus, als ich bei Goppel rumschlich. Ich hätte ein bißchen gründlicher herumschnüffeln müssen. Ein Jammer, daß ich es nicht getan habe!« Er warf Wycliffe einen fragenden Blick zu. »Und jetzt stehe ich wohl auf Ihrer hübschen kleinen Liste?«
»Keine Sorge, Mr. Bishop, Sie standen schon vorher darauf. Aber eine simple ärztliche Untersuchung könnte uns helfen, Sie zu entlasten.«
»Wieso?«
»Weil Yvette ihrem Angreifer höchstwahrscheinlich Kratzer beigebracht hat. Sind Sie bereit, sich bei unserem Dienstarzt vorzustellen?«
Bishop zuckte die Achseln. »Sicher.«
»Und Ihre Kleidung vom Sonnabend abend brauchen wir auch. Keine Angst, die Tatsache, daß Sie in Goppels Werkstatt waren, ziehen wir bei der Laboruntersuchung in Betracht.«
Bishop sah auf die Uhr. »Ich erwarte in zwanzig Minuten einen Kunden, aber wenn Mr. Kersey in einer Stunde im Court ist, könnte ich ihm die Sachen dann geben.«
Kersey stand auf. »In Ordnung.« Er öffnete die Tür abrupt und stand Auge in Auge mit der blonden Sekretärin. »Wo sind denn Ihre Wimpern geblieben?« fragte er. »Hat der Zug durchs Schlüsselloch sie weggeblasen?«
»Frechheit!« zischte sie giftig.
Als sie auf dem Rückweg an einer Ampel hielten, sagte Kersey: »Freddie und Genosse wußten also, daß Goppel beabsichtigte, sein Geld für dieses Disneyland zu verpulvern. Eine halbe Million! Wenn das kein Motiv ist . . .«
Wycliffe lehnte sich im Beifahrersitz zurück und zündete seine Pfeife an. »Allerdings, aber vorerst haben wir noch keine Beweise, die vor Gericht standhalten würden. Weder gegen das Lennon-Goppel-Gespann, noch gegen Bishop.«
»Wenn Bishop die Wahrheit sagt, kann Yvette erst auf der Bildfläche erschienen sein, als der Mörder Goppel die Fesseln bereits abgenommen hatte«, sinnierte Kersey weiter. »Aber

daß Goppel sich anscheinend ohne Widerstand verschnüren ließ wie ein Paket, geht über meinen Verstand.«
»Vergessen Sie nicht, daß er krank war.«
»Ja, aber damit konnte der Schuft nicht rechnen.«
»Auch ganz gewöhnliche Einbrecher fesseln ihre Opfer zuweilen.«
»Ja. Mit vorgehaltener Knarre«, stimmte Kersey zu.
»Also spricht auch einiges dafür, daß der Täter eine Schußwaffe besitzt«, bemerkte Wycliffe.

Als die Schulglocke um halb eins zur Mittagspause läutete, saß Kersey in seinem Wagen vor dem Tor.
»Was wollen Sie?« fragte Henry mißgelaunt. Kersey hatte ihn durch einen halbwüchsigen Jungen holen lassen.
»Keine Angst, es dauert nicht lange. Steig ein. Ich habe neulich vergessen, dich zu fragen, ob du nach deiner Unterhaltung mit Yvette in der Lodge Road gleich nach Hause gegangen bist.«
»Ja, beinah sofort.«
»Zu Fuß?«
»Ja. Der letzte Bus fuhr mir vor der Nase weg. Yvette hat ihn wahrscheinlich noch erwischt.«
»Bist du auf dem Rückweg irgendeinem Bekannten begegnet? In der Falcon Street, meine ich.«
Henry überlegte. »Ich glaube, in der Falcon Street war überhaupt niemand mehr unterwegs.«
»Hast du auf die Uhr gesehen, als du nach Hause kamst?«
»Nein, aber ich stellte das Radio an, und die Spätnachrichten kamen gerade durch. Es muß Mitternacht gewesen sein.«
»Und du bist gleich danach zu Bett gegangen?«
»Ja.«
»Hast du in der Falcon Street wirklich keine Menschenseele getroffen?«
»Nein, wirklich nicht.«
»Schade!« Kersey drehte den Zündschlüssel um. »Also geh essen, sonst verkümmerst du uns noch.«
Henry hatte die Hand schon am Türgriff, als er sich zu Kersey umdrehte. »Mir fällt gerade ein, daß ich Mr. Fiske durchs Fenster sah, als ich mich auszog.«

»Du meinst, du sahst ihn mit dem Wagen nach Hause kommen?«
»Nein, er ging zu Fuß über den Court auf sein Haus zu.«
Kersey spürte ein leichtes Prickeln im Nacken. »Erinnerst du dich an seine Kleidung?«
»Nein. – Ach, ich glaube, er hatte etwas Dunkles an, einen dunklen Regenmantel oder so was.«
»Hatte er irgend etwas in der Hand?«
Henry grunzte belustigt. »O ja. Seine Aktentasche.«
»Ist das ein Witz?«
»Ja. Mit Bart. Er hat eine Freundin in Parkeston, und wenn er spätabends mit der Aktentasche nach Hause kommt, sagen wir im Court immer ›Fiske hat wieder Überstunden gemacht.‹« Nach einem Augenblick setzte er hinzu: »Eigentlich ist das ja nicht zum Lachen.«
»Aber er kann doch nicht ganz von Parkeston zu Fuß gegangen sein.«
»Nein. Sein Wagen war in der Werkstatt. Jemand hatte ihm hinten 'ne Beule reingefahren. Er hat sich wohl ein Taxi genommen.«
»Hast du eins gehört?«
»Nein, aber ich hab' auch nicht darauf geachtet.« Er zögerte. Seine Hand lag noch immer auf dem Türgriff. »Was hat Fiske denn gemacht?«
»Nichts, gar nichts. Ich überlegte nur, ob er vielleicht auf dem Heimweg jemanden bemerkt haben könnte.«

Das Telefon klingelte.
Joan Fiske eilte aus der Küche ins Wohnzimmer und nahm den Hörer ab.
»Hier Martin. Ich komme heute zum Mittag nach Hause. Muß ein paar Papiere für einen Klienten abholen.«
Er hatte ihr keine Gelegenheit zu einer Antwort gegeben, aber daran war sie gewöhnt. Sie warf einen Blick auf die Uhr. Viertel vor elf, und um eins mußte das Essen auf dem Tisch stehen. Aber ihr Mann würde sich nicht mit den Fischfrikadellen begnügen, die sie für sich und Marty besorgt hatte. Sie überschlug die Vorräte in der Kühltruhe,

überlegte, wieviel Zeit ihr zum Auftauen der Zutaten blieb und plante das Hauptgericht: Dorschfilets in Sahnesoße mit Salzkartoffeln und gedünsteten Mohrrüben. Für den ersten Gang hatte sie eine Dose Tomatensaft in der Speisekammer, und als Nachtisch würde sie das Vanilleeis aus der Truhe nehmen.

Er kam pünktlich an, ging nach beendeter Mahlzeit nach oben in sein Zimmer und erschien eine halbe Stunde später in einem fast neuen Sommeranzug und mit der unvermeidlichen Aktentasche im Hausflur. An der Wohnzimmertür wandte er sich, als habe er etwas vergessen, abrupt zu ihr um. »Warte heute abend nicht auf mich. Es wird spät werden.«

Diese Szene hatte sich bereits so oft wiederholt, daß sie beinah zu einem Ritual geworden war, aber die Geschehnisse im Court hatten Joan Fiskes letzte Nervenkraft aufgebraucht. Der Anblick ihres elegant gekleideten, selbstgefällig mit sich und der Welt zufriedenen Mannes war ihr plötzlich unerträglich, und als er sie wie beiläufig über seine durchsichtigen Absichten informierte, explodierte sie.

»Als ob ich nicht genau wüßte, daß du wieder die halbe Nacht bei dieser Hure verbringst!« Ihre Stimme war wutverzerrt.

Fiske prallte entgeistert zurück, dann verlor sein Gesicht jeden Ausdruck. »Ich habe nicht die geringste Ahnung, wovon du redest.«

»Nein? Bildest du dir vielleicht ein, deine Nutte wäre ein Geheimnis? Und die Wohnung in Parkeston? Ich muß jeden Penny dreimal umdrehen, kann Marty und mir nie was gönnen, bloß damit du dir deinen dreckigen Spaß mit diesem Weibsbild leisten kannst. Und dann denkst du noch, ich wüßte von nichts!«

Fiske trat ins Wohnzimmer und zog die Tür hinter sich zu. »Du bist verrückt geworden!«

Sie begann vor Angst und Erregung zu zittern, hatte sich aber schon zu weit vorgewagt. »Verrückt?« Sie lachte hysterisch. »Das würde keinen wundern, so lange wie du mich schon vor der ganzen Nachbarschaft lächerlich machst! Den Klatsch könnte ich ja noch aushalten, wenn du wenigstens zu Hause ein bißchen Rücksicht auf mich nehmen würdest, aber wie du

mich behandelst! Kein Dienstmädchen würde sich das gefallen lassen!«
Ihre Knie wurden weich, und sie sank auf den nächsten Stuhl.
»Und jetzt läßt du mich mit einem hilflosen schwachsinnigen Jungen allein, wo du so gut wie ich weißt, daß hier im Court ein Mörder wohnt . . .« Sie starrte ihn haßerfüllt an. »Manchmal glaube ich beinah, daß . . .«
Fiske hatte blaß aber unbeteiligt vor ihr gestanden, nun beugte er sich jäh zu ihr hinunter und packte sie so roh am Arm, daß sie aufschrie. »Was glaubst du beinah?« Sein Gesicht war dem ihren so nah, daß sie ihm in die Augen sehen mußte. »Was hast du dir in deinem überdrehten kleinen Spatzenhirn ausgedacht? Ich will es wissen! Los, raus damit!«
Sie hatte sagen wollen, er lege es bewußt darauf an, sie ins Irrenhaus zu bringen, aber sie bekam kein Wort mehr heraus und begann, krampfhaft zu schluchzen. Er ließ ihren Arm los, trat einen Schritt zurück und blickte eine Weile wortlos auf sie hinunter. Dann öffnete er die Tür abrupt und ließ sie hinter sich ins Schloß fallen.

Am Donnerstag waren die Geschäfte nur halbtags geöffnet, und jetzt am frühen Nachmittag lag die Falcon Street bereits wie ausgestorben da. Das einzige Geräusch kam aus dem Pfarrgarten, wo die kleine Pfarrerstochter unermüdlich auf ihrer Schaukel auf und ab schwang. Quiek-wum . . . quiek-wum . . .
»Gott, wenn er das Ding doch endlich ölen würde!« stöhnte Kersey.
»Ziemlich unwahrscheinlich, daß er sich ein Taxi zu der Wohnung in Parkeston bestellt hat.« Wycliffe meinte Fiske, nicht den Pastor.
Sie saßen sich im Polizeiwagen auf dem Friedhof gegenüber.
»Nein, das kann ich mir auch nicht vorstellen«, stimmte Kersey zu. »Aber ich habe Dixon und Fowler für alle Fälle zu den Taxifirmen geschickt. Sollen herumfragen, ob jemand am Sonnabend kurz nach Mitternacht einen Fahrgast in der Falcon Street abgesetzt hat.«
Das Telefon klingelte.

»Wycliffe.«

Es war Scales. »Ich will am Telefon nicht zu viel sagen, aber ich glaube, diesmal liegen wir richtig. Alle mit einem Häkchen versehenen Firmen auf der Liste werden von Fiske betreut, und Goppel hat sie alle über ihre Versicherungen ausgehorcht. Ich müßte den betreffenden Versicherungsgesellschaften jetzt in die Bücher gucken, aber ob wir unseren Verdacht dann noch geheim halten können, Sir? Die Zweigstellen, die Fiske benutzt, sind alle hier in der City, das ist das Dumme. Andererseits . . .«

»Immer ran an den Speck, John! Aber so unauffällig wie möglich.«

»Und was mache ich so lange, Sir?« fragte Kersey.

»Sie halten hier die Stellung. Ich glaube, ich rede am besten noch einmal mit Natalie Cole.«

Wycliffe schlenderte am Puppenhausgeschäft vorbei, das bereits Spuren der Vernachlässigung aufwies, überquerte den Court und schritt auf Natalies Haus zu.

Natalie öffnete ihm nach zweimaligem Klingeln und musterte ihn mit schlafgeröteten Augen. Ihre Haare waren frisch gekämmt.

»Ich hatte mich ein bißchen hingelegt, aber kommen Sie rein.«

Er folgte ihr in das weiße Wohnzimmer und versank beinah in den weichen Polstern eines Sessels.

»Haben Sie mir was zu erzählen, oder wollen Sie wieder was wissen?« Sie war blaß und hatte tiefe Schatten unter den Augen.

»Ich möchte etwas wissen. Wer war an dem Abend im Club dabei, als Lennon Goppels Papiere herumzeigte?«

Sie goß sich Gin in ein Glas. »Möchten Sie einen?«

»Nein, danke.«

»Ob ich das jetzt noch zusammenkriege? Es ist schon ein paar Wochen her . . . Also, wir saßen an der Bar, und es war noch früh, noch nicht viel Betrieb. Freddie war nicht mitgekommen, das weiß ich. Stefan, der Barmixer, war natürlich da, und ich, und . . .«

»Bishop?«

»Ja. Geoff hatte sich mit Pongo vollaufen lassen, war aber nicht

ganz so blau wie er . . . Ach ja! Martin Fiske war da.«
»Mit seiner Freundin?«
»Nein, alleine. Ich erinnere mich noch genau an sein Gesicht, als Pongo anfing, über die Nazis zu phantasieren. Über die Konzentrationslager, und was sie dort mit den Frauen gemacht hätten. Fiske hing ihm regelrecht am Mund, konnte gar nicht genug davon kriegen.« Sie schüttelte sich.
»Und danach setzten Sie Pongo an die Rückwand und schickten Bishop als Aufpasser hinterher . . .«
Sie warf Wycliffe einen überraschten Blick zu. »Das wissen Sie auch schon? Alle Achtung!«
»Wer setzte sich sonst noch an Lennons Tisch?«
»Und hätte Pongos Tasche ausnehmen können, meinen Sie? Ich kann mir nicht vorstellen, daß jemand lange Finger gemacht hat. Pongo wollte sich bloß wieder wichtig machen. Die Sache mit Goppels Papieren kam nicht an, da hat er es am nächsten Abend mit diesem Quatsch von der geklauten Brieftasche versucht.«
»Sie haben meine Frage nicht beantwortet.«
»An den Tischen ist das ein ständiges Kommen und Gehen, und ich hatte was Besseres zu tun als Pongo zu bemuttern, aber einmal kam ich zufällig bei ihm vorbei, da hatte Freddie sich gerade eingefunden, und Fiske hatte sich zu ihnen gesetzt. Der hätte noch immer nicht genug von Pongos Schauermärchen gehabt, erzählte Geoff hinterher.« Sie leerte ihr Glas und verschluckte sich. »Männer!«

10

Joan Fiske drehte sich zum Tisch um, legte den Kopf auf die Arme und weinte sich aus. Allmählich löste sich ihr geballter Haß, ihr Zorn verebbte und ließ benommene Leere zurück. Ermattet stand sie auf, strich sich das Haar aus den Augen und warf einen Blick auf den Hof hinaus, wo Marty seinen Ball wieder und wieder in die Zweige der Eiche warf. Sie schleppte sich nach oben ins Badezimmer und spülte Gesicht und

Augen mit kaltem Wasser. Bruchstückhaft klangen die Anschuldigungen, die sie ihrem Mann entgegengeschleudert hatte, in ihren Gedanken nach, aber sie hatten alle Bedeutung verloren, weckten keine Empfindungen mehr.
Sie ging ins Schlafzimmer hinüber und begann kraftlos, ihr Haar zu bürsten. Was würde geschehen, wenn er am Abend zurückkam? Würde überhaupt etwas geschehen, oder würde alles weitergehen wie vorher?
»Lassen Sie Ihren Mann einmal aus dem Spiel . . . Was Ihnen fehlt, ist Selbstvertrauen . . . Sie besitzen die Kraft, sich durchzusetzen.« Mrs. Hedley hatte mit ihren Karten versucht, ihr in ihrer ausweglosen Lage Halt zu geben. »Lassen Sie Ihren Mann beiseite . . .«
Aber die Betäubung hielt nicht vor, und langsam und schmerzhaft, wie das Blut in frostklamme Hände, kehrte ihre Bitterkeit zurück.
Nach einer Weile ging sie nach unten und machte sich an den Mittagsabwasch. Für das Abendbrot mit Marty allein gab es nichts vorzubereiten. Sie würde eine Dose aufwärmen. Während sie die Teller abtrocknete, drängte sich der Streit mit ihrem Mann erneut in ihr Bewußtsein. Einzelne Szenen liefen scharf wie Bilder einer Fernsehreportage vor ihrem inneren Auge ab.
»Ich habe nicht die geringste Ahnung, wovon du redest.« Sie sah seine Verblüffung und das zu einer ausdruckslosen Maske erstarrende Gesicht. Er war hereingekommen und hatte die Tür hinter sich zugezogen. »Du bist verrückt geworden.« Aus seinem Mund hatte diese verletzende Redensart doppelt gemein geklungen. Von Anfang an hatte er allen, die es hören wollten, Martys Zustand aus der Tatsache erklärt, daß es in ihrer Familie mehrere Fälle von Geistesgestörtheit gegeben hatte.
Er war auf sie zugekommen, war drohend vor ihrem Stuhl stehengeblieben, aber sie hatte ihm trotz ihrer Angst noch einmal in die Augen gesehen. »Manchmal glaube ich beinah . . .« hatte sie gesagt. Mehr nicht. Dieser unbeendete Satz hatte ihm die überhebliche Maske vom Gesicht gerissen. Er hatte sie grob am Arm gepackt und sie angestarrt . . . grausam?

Nein, das nicht. Wenn er gemein wurde, sah er nie so aus. Was war es dann gewesen? Wut ... Haß ... Verachtung? ... Nein, auch nicht. – *Angst!*
Er hatte sich über sie gebeugt, hatte sie gezwungen, ihn anzusehen. »Was hast du dir in deinem überdrehten Spatzenhirn ausgedacht? Ich will es wissen!«
Angst? Wovor?
Joan Fiske war keine besonders intelligente Frau, aber wenn sie etwas nicht auf Anhieb verstand, biß sie sich daran fest und ließ nicht locker. Was, genau, war dieser erstaunlichen Verwandlung in seinem Gesicht vorangegangen, überlegte sie. Sie hatte ihm vorgeworfen, daß er sie mit Marty allein lassen wollte, einem hilflosen, schwachsinnigen Jungen, hatte sie gesagt, und es war ihr wie ein Verrat vorgekommen. »Dabei weißt du so gut wie ich, *daß hier im Court ein Mörder wohnt.*« Und dann: »Manchmal glaube ich beinah, daß ...«
Plötzlich fiel es ihr wie Schuppen von den Augen.
»Lieber Gott, steh mir bei!«

Als Alison Ward am Donnerstag aus der Schule kam, war niemand zu Hause. Die Post war geschlossen, und ihre Eltern benutzten den freien Nachmittag zu einem Verwandtenbesuch in Kingsmeade am Stadtrand. Henry war zu einem Cricketspiel in der Schule geblieben. Alison ging auf ihr Zimmer und zog sich um. Der Anblick der T-Shirts und Jeans in ihrem Schrank brachte die Erinnerung an Yvette und Willy Goppel zurück, und ihre Augen brannten vor aufsteigenden Tränen.
Sie ging hinunter, setzte sich mit einem Buch auf die Fensterbank im Wohnzimmer und zog die Beine hoch.
Die Klingel der Hintertür schrillte durch das Haus, ein anhaltender, gellender Ton. Jemand schien sich mit aller Kraft dagegenzustemmen. Ob Henry seinen Schlüssel vergessen hatte? Aber es war noch zu früh für ihn. Ein wenig beklommen ging sie hinunter und öffnete. Mrs. Fiske stand völlig aufgelöst vor der Tür. Sie hatte Marty an der Hand.
»Laß mich rein, Alison! Du *mußt* mich reinlassen!«
»Ja, natürlich, Mrs. Fiske.«

»Komm, Marty!« Marty sperrte sich, dann folgte er seiner Mutter widerwillig ins Haus. »Schließ ab, Alison! Um Gottes willen, schließ ab!«
Mrs. Fiske keuchte hinter Alison her die Treppe hinauf und brach auf dem Wohnzimmersofa zusammen. »Bitte deine Mutter . . .«
»Sie ist nicht da, Mrs. Fiske. Meine Eltern sind nach Kingsmeade gefahren.« Was konnte nur geschehen sein? »Kann ich vielleicht . . . Möchten Sie eine Tasse Tee?« fragte Alison unsicher.
Mrs. Fiske preßte die Faust auf die Brust. Nach und nach beruhigte sich ihr Atem. »Mein Mann . . .«
»Was ist? Hat er einen Unfall gehabt?«
Mrs. Fiske senkte die Stimme zu einem dramatischen Flüstern. »Unfall? Mein Mann ist ein Mörder!«
»Aber . . .«
»Er hat Willy Goppel und Yvette ermordet, das weiß ich!«
Durch ihren eigenen Schrecken hindurch registrierte Alison eine unerklärliche Mischung von Entsetzen und Triumph in Mrs. Fiskes Stimme. Sie musterte sie verblüfft und bemerkte erst jetzt das mehrfach gefaltete Zeitungsblatt in Mrs. Fiskes Hand.
»Daß ich so blind sein konnte! Er kam erst nach Mitternacht nach Hause, dabei hatte er seinen Wagen nicht . . . hatte nicht mal einen guten Anzug an. So wie er angezogen war, hätte er sich nie bei ihr blicken lassen . . . Das hätte ich doch wissen müssen!« Die Sätze kamen stoßweise, mit Pausen, in denen sie nach Fassung rang. Marty lehnte an der Wand und stierte auf den Fußboden.
Mrs. Fiske stand auf, ging an der verdatterten Alison vorbei zum Fenster und spähte in den Court hinunter. »Ich wäre sonst zu den Hedleys gegangen, aber da hätte er mich vielleicht . . . Er weiß, daß ich manchmal drüben bin, und da dachte ich, dein Vater und dein Bruder . . . Als ich letzte Woche mit Marty in Bristol war, hat er die *Rumpelkammer aufgeräumt*!«
»Die Rumpelkammer?« fragte Alison verwirrt.
»Ja.« Mrs. Fiske wandte sich vom Fenster ab. »Und du

brauchst nicht zu denken, ich wäre übergeschnappt, Alison. Ich weiß, was ich sage. Mein Mann hat, seit wir verheiratet sind, keinen Handschlag im Haus gemacht, und dann, mit einem Mal ... ›Ich hab' da drinnen gründlich ausgemistet‹, sagte er, als ich von Bristol zurückkam.«

Sie glättete den zerknüllten Zeitungsartikel auf dem Tisch. »Hier. Lies mal, was unter dem Bild steht: ›Ein zur Felduniform der Landstreitkräfte gehörender Webgurt. Die Polizei nimmt an, daß Goppel mit Gurtbändern dieser Art gefesselt wurde.‹«

Mrs. Fiske blickte Alison eindringlich an und fügte langsam und deutlich hinzu: »Sein Vater war im Heer und wohnte die letzten Jahre vor seinem Tod bei uns. Er hatte einen ganzen Schrank voll von dem Zeug.«

Martin Fiske saß über einen Ordner gebeugt an seinem Schreibtisch, aber er konnte sich nicht auf seine Arbeit konzentrieren. Die Szene nach dem Mittagessen war so unerwartet gekommen, daß er sich zu einer unüberlegten Reaktion hatte hinreißen lassen. Das durfte er sich nicht noch einmal erlauben!

Daß ihr hysterisches Gezeter mir so zugesetzt hat!

Dabei habe ich mich doch sonst so gut gehalten, sogar, als sie herausbekamen, daß Goppel ermordet worden war ... *Mord* – der Blödsinn, der darüber verzapft wird! Nichts als Gehirnwäsche ... Und über den Mörder erst! Über den mit dem Kainsmal gebrandmarkten Mörder ... mystischer Mumpitz! Aber Manschetten hatte ich doch davor ... hab' mich gefragt, was ich hinterher empfinden würde ... ob ich mich benehmen könnte, als wüßte ich von nichts ... ob es mir leid tun würde.

Wenn ich gewußt hätte, daß ich das Mädchen auch noch würde abfertigen müssen, hätte ich es mir anders überlegt ... Bei Goppel habe ich nichts gespürt, überhaupt nichts. Die Show ging planmäßig über die Bühne wie eine Runde Golf ... Daß der alte Trottel schlief, war natürlich ideal.

Das mit dem Mädchen war eine ganz andere Sache ... wie die sich gewehrt hat! ... hätte mich reizen können, die kleine

Schnepfe. Hat mich ganz schön auf Touren gebracht. Wenn Bishop, dieser Hornochse, nicht reingelatscht wäre ... Aber ich hätte ihr T-Shirt nicht behalten sollen. Dumm von mir. Warum, zum Teufel, mußte ich sie aus dem Haus schaffen! Hatte nichts anderes im Kopf als den Wunsch, sie rauszuhieven. Ein grober Fehler. ...Wenn ich sie dagelassen hätte, wäre der ganze Zirkus längst vorbei, dann hätten sie Goppel beschuldigt.

Reue? Auch so eine Erfindung! Worüber auch? Daß der miese kleine Laden von der Straße verschwindet und es ein scharfes kleines Luder weniger auf der Welt gibt?

Das ist mir meine Sicherheit hundertmal wert.

Goppel war ein Vollidiot ... Daß ausgerechnet der etwas gerochen hat! ... Hat zum Glück nur die Spitze des Eisbergs entdeckt, einige lächerliche kleine Versicherungen, die ich ein paar Jahre hatte einschlafen lassen, bevor ich sie bei einer anderen Gesellschaft erneuerte.

»Ich lasse Ihnen Zeit, diese Unebenheiten auszubügeln, Fiske!« Gönnerhaft war er auch noch gewesen, der alte Holzkopf! Hat keinen Schimmer gehabt, mit wem er es zu tun hatte.

Fiona erschien in der Tür. »Der Superintendent ist wieder da. Mit einem Sergeant. Sie wollen dich sprechen.«

»Halt mir die beiden noch eine Minute vom Leibe, dann führ sie rein.«

Scharf aufpassen jetzt, Fiske, aber ganz lässig und locker. Schnell einen Schluck Kognak, bevor ...

»Bitte, Superintendent, nehmen Sie doch Platz! Leider haben Sie mich zu einer ungünstigen Zeit erwischt. Ich erwarte in fünf Minuten einen Klienten.«

Er setzt sich, aber er hat den Sergeant draußen gelassen.

»Ich habe noch ein paar Fragen an Sie, Mr. Fiske.«

Kein Wort, warum er ohne Voranmeldung hereinschneit ... Nicht die kleinste Verbindlichkeit ... Ungemütlich.

»Was für Fragen?« Schon verkehrt! Besser gelangweilt zuhören.

»Erinnern Sie sich, wann Sie am Sonnabend abend nach Hause gekommen sind?«

»Sonnabend?«
»In der Nacht, in der Goppel und Yvette ermordet wurden.«
Vorsicht! »Ich dachte, ich hätte Ihnen schon erzählt, daß ich an dem Abend nicht aus war.«
»Nicht lange, sagten Sie.«
»Ja, und?« Zeit gewinnen. Das ist im Zweifelsfall immer die beste Taktik.
»Sie sind aber um Mitternacht herum im Court gesehen worden.«
Schöne Schweinerei! War natürlich zu erwarten. Dieser Schnüffler von nebenan schläft ja nie. »Wer hängt sein Privatleben schon an die große Glocke, Superintendent?«
»Wenn Sie damit sagen wollen, Sie hätten den ersten Teil der Nacht in Parkeston verbracht, dann muß ich Sie daran erinnern, daß Ihr Wagen in der Reparaturwerkstatt war und daß öffentliche Transportmittel nur bis kurz nach elf verkehren.«
Klaren Kopf behalten! Nachdenken! Taxi? . . . Zu leicht nachzuprüfen. Geborgtes Auto? . . . Ebenfalls. Eine einzige mögliche Antwort: »Ich war am Sonnabend nicht in Parkeston.«
»Was hatten Sie also um Mitternacht noch im Court zu tun?«
Ein unbeschwertes Lachen. »Gott, wie dumm von mir! Ich hatte ganz vergessen, daß ich an dem Abend nicht einschlafen konnte. Ich habe mich noch einmal angezogen und mir draußen ein bißchen Bewegung gemacht. Ich bin ein Stück spazierengegangen.«
»Mit der Aktentasche in der Hand?« Noch immer völlig ausdruckslos, sein Gesicht. Klinisch kalt.
Leugnen, der einzige Ausweg. »Selbstverständlich nicht! Ich hatte keine Aktentasche dabei.«
Dieser Schweinehund mit seinem Pokergesicht! . . . Wo soll ich hingucken? . . . Stimmt meine Kopfhaltung noch? Meine Augen? . . . Ich bin nicht mehr lässig genug. Die Hände? . . . Auf dem Schreibtisch gefaltet, aber verkrampft. Die Fingerknöchel weiß . . . Hände entspannen! Gesicht entspannen! Ein Blick auf die Uhr. »Hoffentlich dauert's nicht mehr allzu lange, Superintendent!« Richtig so!
»Was hatten Sie auf Ihrem Spaziergang an?«
»Was ich anhatte?« Was soll das, zum Teufel! »Nichts beson-

ders Elegantes. Ich glaube, eine Sporthose. Ja. Und meinen alten Regenmantel.«
»Kein Jackett?«
»Nein, ich hatte an dem Abend eine Strickjacke an. Aber ich sehe wirklich nicht ein, was das mit Ihnen zu tun haben könnte.« Um Gottes willen! Worauf will der Kerl hinaus?
»Hemd, Unterhose und Socken vermutlich auch, oder?«
»Natürlich!«
»Ich möchte mir Ihre gesamte Kleidung vom Sonnabend abend ansehen, Fiske.«
Nein! Ich habe ihr die Nägel geschnitten! »Und wenn ich diese Zumutung zurückweise?«
»Das ist Ihr Recht, aber damit wäre die Angelegenheit für Sie natürlich nicht erledigt.«
Eine Drohung! O Gott! . . . Meine Lippen zittern ja! . . . Ob ich noch ruhig sprechen kann? . . . Soll ich einen Anwalt verlangen? . . . Nein! Das wäre so gut wie ein Geständnis . . . Herausbekommen, was sie wissen. »Also gut, Superintendent. Ich halte Ihr Ansinnen für einen Übergriff auf mein Privatleben, aber zu verstecken habe ich nichts. Wenn mein Klient gegangen ist, fahre ich mit Ihnen nach Hause. Dann dürfen Sie meine ganze Garderobe inspizieren.«
»Tut mir leid, Mr. Fiske. Ich muß Sie bitten, unverzüglich mitzukommen.«
Gott! Er muß sich seiner Sache sicher sein. »Also, meinetwegen, wenn Sie darauf bestehen.«
»Gut!«
Wie sie im Vorzimmer alle glotzen! Der Sergeant hat die ganze Zeit hier gewartet. Guck nicht so blöd, Fiona! . . . Ob sie was ahnt? Ach wo, die ist so beschränkt wie die ganze Bagage . . . Soll Staples sich mit dem alten Morse befassen, wenn er kommt.
Hinten in den neuen Ford rein. Mit Wycliffe. Der Sergeant fährt.
»Flotter Wagen. Ein Granada, nicht wahr?«
»Ja.«
»Aber sind diese Fords nicht ein bißchen happig im Benzinverbrauch?«

Keine Antwort.
Gott, ist mir schlecht! . . . Fünf Uhr . . . Fünf? Ist ja ganz egal. Zeit hat nichts mehr zu bedeuten . . . Wie die Straßen vorbeiflitzen . . . Geht mich alles nichts mehr an. Ich gehöre schon nicht mehr dazu, bin abgeschnitten . . . Regen. Die Scheibenwischer kommen kaum noch mit . . . Ob ich je wieder hinterm Steuer sitzen werde? . . . Nicht schlappmachen! Drei von vier Verbrechern verraten sich selbst, hab' ich gelesen . . . Ob sie im Gefängnis Leute der gleichen Gesellschaftsklasse zusammentun? Sie können einen doch nicht mit . . . O Gott!
Der Court sieht anders aus . . . als ob ich zum ersten Mal hier wäre. Pfützen auf dem Kopfsteinpflaster. Zwei Männer im Garten. Einer mit einem großen Regenschirm. »Was haben diese Leute in meinem Garten verloren? Sind das Polizisten?«
»Der eine ist Polizist, der andere ist ein Beamter vom Spurensicherungslabor. Sie nehmen Proben der Asche in Ihrem Verbrennungsofen.«
»Wer hat ihnen die Erlaubnis gegeben, in meinem . . .?«
»Wir werden Ihnen später genug Gelegenheit geben, sich zu beschweren.«
Von Joan und dem Jungen keine Spur . . . Ob sie sie weggebracht haben? Die Vordertür steht offen, und da, auf der Veranda, ein Polizist. Protestieren! »Was fällt Ihnen ein, in meiner Abwesenheit und ohne meine Einwilligung mein Haus zu durchsuchen? Das wird ja immer schöner!«
»Die Tür stand bei unserer Ankunft offen, Sir. Wir haben Ihr Haus nicht betreten.« Der Polizist versucht sich zu rechtfertigen.
»Ist das klar, Mr. Fiske?« Wycliffes Stimme. Gleichgültig. Kalt. »Würden Sie vorangehen?«
»Joan! Marty!« Wo stecken die beiden?
Der olle Hedley stiert von seiner gottverdammten Veranda herüber.
Oben in meinem Schlafzimmer. Der Schrank. »Bitte sehr, Superintendent! Regenmantel, Hose, Strickjacke, Schuhe. Mehr kann ich Ihnen nicht anbieten. Meine Leibwäsche ist inzwischen gewaschen, und ich weiß beim besten Willen

nicht mehr, was für Socken ich am Sonnabend anhatte.« Klingt überzeugend und stimmt außerdem.
Jedes Stück in einen separaten Plastikbeutel. »Ihre Kleidung geht ans Spurensicherungslabor. Sie bekommen sie selbstverständlich zurück.«
Sexualmörder und Kindermörder werden von den anderen Sträflingen zusammengeschlagen, heißt es. Aber sie war schon fünfzehn, und ich habe sie nicht vergewaltigt ...
Kersey an der Tür. »Ist das kleine Hinterzimmer Ihr Arbeitszimmer, Mr. Fiske? Wir müssen es durchsuchen, und Sie sind am besten dabei.«
Mein eigenes kleines Zimmer! ... Wycliffe geht ans Fenster und sieht hinaus. ... Kersey fängt an, in meinen Sachen herumzuwühlen. Gott, wie ich sie HASSE!
Mein Bücherregal ... Mein Aktenschrank ... Sie machen, als ob ich Luft wäre.
Aber sie finden nichts. NICHTS! Dabei tun sie immer so schlau, die Schweine.
»Ich hoffe, es ist Ihnen allmählich klar, Superintendent ...«
Gott! Kersey zieht die Schreibtischschubladen heraus ...

Kersey nahm die Schubladen aus dem Schreibtisch, steckte den Arm in die verstaubte Nische an der Rückwand und holte zwei dicke Bücher heraus, Romane zweifelhaftester Sorte. Dann kam ein reich bebilderter Band über Strafmethoden von der Antike bis zur Gegenwart zum Vorschein, und einer über Techniken der Geißelung. Das nächste Buch nannte sich *Sexuelle Perversionen und abweichende Verhaltensweisen, eine Abhandlung.*
Wycliffe blickte auf den kleinen Haufen hinunter. Schwachheit, dein Name ist Mann. Aber wenn das alles war ...
Kersey hatte sich den Clou seiner Vorstellung bis zuletzt aufgehoben. Er griff tief in das offene Fach hinein und klaubte einen weichen in Zeitungspapier gewickelten Gegenstand und einen alten Armeerevolver heraus. Ohne Fiske eines Blickes zu würdigen, öffnete er das Päckchen und faltete den Inhalt auf dem Schreibtisch auseinander, ein bauschiges baumwollenes Kleidungsstück. Es war ein T-

Shirt mit einem roten aufgedruckten Motiv quer über der Brust.

»Sie fangen mit der gesetzlich vorgeschriebenen Erklärung an«, sagte Kersey. »Das heißt, falls Sie weiter darauf bestehen, Ihr Geständnis selbst zu Papier zu bringen.«
Er saß Fiske in einem kahlen Vernehmungszimmer im Revier in der Mallet Street gegenüber. An der Tür hatte ein uniformierter Constable Posten bezogen.
»Ich diktiere Ihnen die Formel.«
Fiske nahm den vor ihm liegenden staatseigenen Kugelschreiber auf und begann, zügig, aber ohne Hast zu schreiben. Wycliffe hatte ihm geraten, einen Rechtsbeistand zu nehmen, aber er hatte abgelehnt.
Kersey hatte im Lauf seiner Dienstjahre schon oft Gelegenheit gehabt, Männer in Fiskes Lage zu studieren, Männer, die sich nach verbissenem Kampf zu der Einsicht durchgerungen hatten, daß keine noch so geschickte Lüge sie mehr vor der Anklagebank bewahren konnte. An diesem Punkt verweigert der Profi jede weitere Aussage und wartet auf die Ankunft seines Rechtsanwalts. Der Rest reagiert je nach Veranlagung. Die Stoiker zucken resigniert die Achseln: »Man kann ja nicht immer Schwein haben.« Die Optimisten singen sich die Kehle wund, in der Hoffnung, sich das Wohlwollen der Polizei zu verdienen. Wieder andere geben klein bei, lassen sich unterkriegen. Kersey hatte erwartet, Fiske würde zur letzten Kategorie gehören, aber er blieb oben.
Nach der Szene in seinem Arbeitszimmer hatte Fiske seine offensichtliche Angst vor der Verhandlung und dem unausbleiblichen Schuldspruch sehr bald beiseite gedrängt und begonnen, den Wagemut und den Einfallsreichtum, die zu seiner Tat nötig gewesen waren, vor Kersey und Wycliffe ins rechte Licht zu rücken. Wenn er schon ins Gefängnis mußte, wollte er die Polizei zumindest nicht im Zweifel darüber lassen, daß er sein Verbrechen scharfsinnig geplant und geschickt ausgeführt hatte und nur an unerhörtem, nicht vorauszusehendem Pech gescheitert war. Er schien entschlossen, sich einen Platz in den Annalen der Kriminalistik

zu erkämpfen.
»Warum hat er nicht gleich eine Pressekonferenz anberaumt?« bemerkte Kersey zu Wycliffe.
Um halb elf lag eine Fotokopie von Fiskes Geständnis – zwölf dicht beschriebene Bögen – vor Wycliffe auf dem Schreibtisch im Polizeiwagen. Die ersten Seiten waren leserlich und zusammenhängend, aber je weiter Wycliffe mit der Lektüre kam, desto fahriger und verworrener wurden Handschrift und Inhalt. Ob ein gewiefter Verteidiger aus dieser Tatsache Kapital schlagen würde? Mit der Unterstützung eines gefügigen Psychiaters könnte er sie vielleicht zu einem Plädoyer auf verminderte Zurechnungsfähigkeit verwenden. Nicht, daß er damit durchkommen würde; günstigstenfalls würde er Richter und Geschworene um einige Grade milder stimmen können.
»Ach was!« brummte Wycliffe. »Nicht mehr meine Angelegenheit.«
Das Telefon klingelte.
»Fertig?« Es war Helen, seine Frau.
»Ja. Alles unter Dach und Fach. In spätestens einer Stunde bin ich zu Hause.«
Als er die Tür des Wagens hinter sich schloß und auf die menschenleere Falcon Street hinaustrat, befiel ihn plötzlich ein Gefühl der Ernüchterung. Es nieselte noch immer. Bevor er in seinen Wagen stieg, schritt er noch einmal durch die Einfahrt des *Pauls Court*, überquerte den Hof, dessen Kopfsteinpflaster im Schein der Straßenlampe glänzte, und klingelte an der Tür der Fiskes.
Er hatte angeordnet, daß eine Polizistin sich einstweilen um Mrs. Fiske kümmern sollte, aber Mrs. Fiske erschien selbst an der Tür.
»Ach, Sie sind es, Mr. Wycliffe!« Sie wirkte ungewohnt munter, wie neu belebt. »Es war sehr nett von Ihnen, an mich zu denken, aber ich habe Ihre junge Dame wieder weggeschickt. Marty und ich kommen gut allein zurecht.«
»Wirklich?«
»Ja, ganz bestimmt, aber vielen Dank, daß Sie gekommen sind!« Sie stand mit der Hand an der Klinke in der halboffenen

Tür. »Sie müssen entschuldigen, wir sind gerade beim Abendbrot. Ich weiß, es ist ein bißchen spät geworden, aber Marty hat einen so furchtbaren Tag hinter sich, da hab' ich ihm sein Lieblingsessen gekocht. Sie verstehen sicher, daß . . .«

»Aber natürlich! Also, gute Nacht!«

»Gute Nacht, Mr. Wycliffe. Gute Nacht!«

Noch bevor er am Fuß der Vordertreppe angekommen war, hatte sich die Tür hinter ihm geschlossen.

Agatha Christie

Agatha Mary Clarissa Miller, geboren am 15. September 1890 in Torquay, Devonshire, sollte nach dem Wunsch der Mutter Sängerin werden. 1914 heiratete sie Colonel Archibald Christie und arbeitete während des Krieges als Schwester in einem Lazarett. Hier entstand ihr erster Kriminalroman *Das fehlende Glied in der Kette.* Eine beträchtliche Menge Arsen war aus dem Giftschrank verschwunden – und die junge Agatha spann den Fall aus. Sie fand das unverwechselbare Christie-Krimi-Ambiente.
Gleich in ihrem ersten Werk taucht auch der belgische Detektiv mit den berühmten »kleinen grauen Zellen« auf: Hercule Poirot, der ebenso unsterblich werden sollte wie sein weibliches Pendant, die reizend altjüngferliche, jedoch scharf kombinierende Miss Marple (*Mord im Pfarrhaus*).
Im Lauf ihres Lebens schrieb die »Queen of Crime« 67 Kriminalromane, unzählige Kurzgeschichten, 7 Theaterstücke (darunter *Die Mausefalle*) und ihre Autobiographie.
1956 wurde Agatha Christie mit dem »Order of the British Empire« ausgezeichnet und damit zur »Dame Agatha«. Sie starb am 12. Januar 1976 in Wallingford bei Oxford.

Von Agatha Christie sind erschienen:

Das Agatha Christie Lesebuch
Agatha Christie's Miss Marple
Ihr Leben und ihre Abenteuer
Agatha Christie's Hercule Poirot
Sein Leben und seine Abenteuer
Alibi
Alter schützt vor Scharfsinn nicht
Auch Pünktlichkeit kann töten
Auf doppelter Spur
Der ballspielende Hund
Bertrams Hotel
Die besten Crime-Stories
Der blaue Expreß
Blausäure
Das Böse unter der Sonne
oder Rätsel um Arlena

Die Büchse der Pandora
Der Dienstagabend-Club
Ein diplomatischer Zwischenfall
Dreizehn bei Tisch
Elefanten vergessen nicht
Die ersten Arbeiten des Herkules
Das Eulenhaus
Das fahle Pferd
Fata Morgana
Das fehlende Glied in der Kette
Ein gefährlicher Gegner
Das Geheimnis der Goldmine
Das Geheimnis der Schnallenschuhe
Das Geheimnis von Sittaford
Die großen Vier
Das Haus an der Düne
Hercule Poirots größte Trümpfe
Hercule Poirot schläft nie
Hercule Poirots Weihnachten
Karibische Affaire
Die Katze im Taubenschlag
Die Kleptomanin
Das krumme Haus
Kurz vor Mitternacht
Lauter reizende alte Damen
Der letzte Joker
Die letzten Arbeiten des Herkules
Der Mann im braunen Anzug
Die Mausefalle und andere Fallen
Die Memoiren des Grafen
Mit offenen Karten
Mörderblumen
Mördergarn
Die mörderische Teerunde
Die Mörder-Maschen
Mord auf dem Golfplatz
Mord im Orientexpreß
Mord im Pfarrhaus
Mord im Spiegel oder Dummheit ist gefährlich
Mord in Mesopotamien
Mord nach Maß
Ein Mord wird angekündigt
Die Morde des Herrn ABC
Morphium
Nikotin
Poirot rechnet ab
Rächende Geister
Rotkäppchen und der böse Wolf
Ruhe unsanft
Die Schattenhand
Das Schicksal in Person
Schneewittchen-Party
Ein Schritt ins Leere
16 Uhr 50 ab Paddington
Der seltsame Mr. Quin
Sie kamen nach Bagdad
Das Sterben in Wychwood
Der Tod auf dem Nil
Tod in den Wolken
Der Tod wartet
Der Todeswirbel
Tödlicher Irrtum oder Feuerprobe der Unschuld
Die Tote in der Bibliothek
Der Unfall und andere Fälle
Der unheimliche Weg
Das unvollendete Bildnis
Die vergeßliche Mörderin
Vier Frauen und ein Mord
Vorhang
Der Wachsblumenstrauß
Wiedersehen mit Mrs. Oliver
Zehn kleine Negerlein
Zeugin der Anklage